НИКОЛАЙ БРЕДИХИН

ПЕРЬЯ

ePressario Publishing

Монреаль, 2017 г.

ПЕРЬЯ

роман

Николай Бредихин

© 2017 Николай Бредихин

Web: http://www.bredikhin.net/

© 2017 Кирилл Бредихин, обложка

© 2017 ePressario Publishing, издание

Монреаль, Канада

E-mail: info@epressario.com

Web: http://www.epressario.com/

ISBN: 978-1-988228-10-5

У кого две пары штанов –
продай одну и купи эту книгу!
Георг Кристоф Лихтенберг

разбить в пух и прах всё, что отец придумывал. Хотя до сих пор я часто говорил о «проектах» в применении к «увлечениям» своего отца, скорее раньше они были всего лишь прожектами, а вот такой вариант появился впервые именно в этот раз, как и то, что мы стали «работать вместе». Помнится первым делом я сказал Па о том, что сами идеи мало чего стоят, пора мыслить масштабно, «проектами», в которых всё было бы тщательно обсчитано и обосновано: сроки, финансовое обеспечение, перспектива, реклама, сбыт готовой продукции. Отец каждый раз выслушивал мою очередную ахинею с вниманием и уважением, затем торжественно удалялся в Кабинет, чтобы записать мои ОЦУ (Очень Ценные Указания) и как следует поразмышлять над ними.

«Перья» – естественно, кошмар, а не

название, я предложил его как крайнюю степень издёвки, но оно прилипло, не оторвать. «Воображалы», «Полёт фантазии», «Тринадцатая муза», «Пегас для вас»: каких только вариантов не предлагалось, но все они блекли перед этим незамысловатым словечком. Особенно когда я набросал дизайн: три заострённых пера, продолжавших буквы вниз, в начале, середине и конце слова. Затем мы долго пытались вживить какой-нибудь эпитет в получившийся трезубец: «Быстрые перья», «Золотые перья», «Удачливые перья», но все они сидели как на корове седло. Просто «Перья» и всё – в конце концов, отец вынужден был с этим смириться.

Я слишком поздно понял тогда, что выбрал неверную тактику: проволочки, изматывания, подтрунивание – попытки на максимально возможный срок оттянуть начало катастрофы, привели, как ни странно, к совершенно обратному результату: то, что казалось едва различимой точкой на горизонте, разрослось в итоге до размеров цунами. Самого страшного стихийного бедствия из тех, что нам довелось до сих пор пережить.

Как бы то ни было я оторвался, наконец, от названия и начал вгрызаться бульдозером в текст дальше, но все мои попытки оказались тщетными, придраться было совершенно не к чему, мой запас скепсиса полностью иссяк. Что мне оставалось? Только выйти из Храма вдохновения и торжественно объявить буквально взмокшему от волнения отцу о том, что «продукт» готов и, что называется, ни слова в нём уже ни добавить, ни убавить.

Трудно передать, как отец был счастлив, но он недолго купался в эмоциях, тут же переведя разговор во вполне конкретную реальность.

– Так значит в пятницу? А, сынок?

Не просто обрадованный, а буквально окрылённый, он тут же предложил мне спеть «Марсельезу» на французском языке, достав откуда-то пожелтевший от времени, вырезанный из газеты текст. Я, конечно, предпочёл бы «Интернационал» на русском, но, тем не менее, не стал возражать, присоединился к отцу. Ма, соответственно, тоже внесла свою лепту – накормила нас таким ужином, что мы даже телевизор смотреть не стали, завалились спать пораньше.

Впрочем я успел всё-таки выбрать минутку и объяснить матери в самых мрачных тонах, что нас в ближайшее время ожидает. Она переменилась в лице, долго молчала, затем вздохнула:

— Надо бы продуктами запастись. Поможешь, а?

И это всё, что я от неё услышал. Моя последняя надежда испарилась «словно лёд под мартовским лучом солнца».

«Господи, ну и дурдом!», – подумал я, уже засыпая.

ГЛАВА 2

Не та передача.

Путаясь в соплях.

Немецкий город Бремен.

Голубой воришка.

Я не знаю, о чём думают в ЧОПах (частных охранных предприятиях), набирая таких придурков. Росточка в этом кретине было в лучшем случае метр шестьдесят пять. Маленький, щупленький, на него дунь – и улетит на другой конец земного шара. Такому не телевидение охранять, а в огороде пугалом стоять. Но рост его в данном случае не имел никакого значения. «Щуплик-зяблик» особо даже и не заинтересовался нашими личностями, просто процедил сквозь зубы:

— Оставляйте папку, через месяц придёте за ответом.

Я хотел было поговорить с этим салагой, по возрасту гораздо моложе меня (как видно, только что демобилизовался из армии), но отец оттащил меня в сторону.

— Брось! Чего ты ершишься? Всё равно этим мы ничего не добьёмся.

— Пусть старшего вызовет, с начальством поговорим, — не унимался я. — Чего ты так рано сдался? Надеюсь, ты понимаешь, что папку нам оставлять нельзя, нашу идею тут же слямзят?

Отец кивнул: в таком исходе он и сам не сомневался, но показал мне глазами на толпу, собравшуюся в другом углу вестибюля. Мне дальше ничего не надо было объяснять: набирают массовку для какого-то шоу. Ну да нам как-нибудь внутрь проникнуть, а там – рыбке только хвостиком

не просто идея, у нас проект до мельчайших деталей разработанный. И вы первый, кому мы его предлагаем. Ну, решайтесь, «повезите новичкам», так в Одессе, может, и не говорят, но это не важно. Что вам стоит? Развлечётесь немного, отдохнёте от своих дум и дел. А уж как нам будет хорошо!

Тут я толкнул отца в бок: господи, лишь бы ему не пришло в голову упомянуть об охраннике или о первом блине – «попытке незаконного проникновения» на территорию студии. Вроде как мы самые что ни на есть валенки, ничего в таких делах не смыслим, не ведаем. Но отец и сам догадался, о чём можно говорить, а о чём лучше умолчать.

– Ладно, позвоните как-нибудь, – сановно согласился, наконец, голос. – Договоримся о встрече.

– Да мы тут совсем рядом, у метро. Может, сейчас и примете? – Отец вложил в эту просьбу всю свою душу.

После некоторого колебания «вельможа» всё-таки сдался.

– Хорошо, диктуйте свои данные, я позвоню на проходную. Только учтите, времени у меня в обрез. Знаете хоть, где мы находимся?

Конечно, нет. Мой тычок не пропал даром. Отец сосредоточенно кивал, записывал и даже уточнял детали.

Я пропущу, пожалуй, описание «морды лица» (не помню, кто сказал, сам был бы не прочь узнать имя автора!) охранника, в третий раз удостоившегося чести лицезреть наши, ну наинаглейшие, физиономии. Хочу предоставить волю вашему воображению. Вот ассистентка, та просто рот разинула да так и замерла секунд на пять, совершенно убитая хилой папочкой у отца под мышкой, пропусками в наших руках и каким-то неземным благолепием, как у двух на редкость прохиндеистых попиков, исходившим от наших умильных физиономий.

У двери отец немного помедлил, затем глубоко вдохнул и задержал дыхание, как обычно делают перед тем, как «остопориться», в итоге пропустил меня вперёд, сунув мне под нос злополучную папку.

– Ладно, поехали, ты Ильф, я Петров.

– Это в том смысле, что «путаясь в соплях, вошёл мальчик?» – успел пробормотать я и, не дожидаясь ответа на свой стук, мужественно открыл дверь.

Человск, сидевший в кресле за письменным столом так и представлялся мне: с полной, румяной, масляной рожей, в очках, ну и как же такому мужичку быть без пивного животика?

— Здравствуйте, — бодро представился отец. — Это мы, которые не из Одессы. Как сказал один умный человек: Бог прислал нас к вам, чтобы вы дали нам работу.

— «Ну, я не Христос», — отпарировал «чинуша», давая нам понять что в его лице мы, знавшие пятитомник Ильфа и Петрова чуть ли не наизусть, нашли достойного противника. — Ладно, присаживайтесь. Представляться не буду, фамилия, имя, отчество мои и так вам известны. Не стану даже спрашивать откуда. Интернет вездесущ, я уже не говорю о всякого рода пиратских базах данных. В вашем распоряжении десять минут, так что не тяните кота за хвост, давайте сразу перейдём к тому, что вы называете «нечто», а я пока подразумеваю — «ничто».

Я лишний раз смог убедиться, насколько

тщательно подготовился к нашему походу отец: он не поленился снабдить сценарий краткой сопроводительной запиской – синопсисом («Всего лишь две с половиной странички, высший пилотаж!») и сейчас я буквально впился глазами в лицо Владлена Игоревича (а именно так его звали, нашего визави), тщетно пытаясь прочесть на нём реакцию на наш опус. Но мужик был кремень, ничто на его благодушном лице прочесть было невозможно. И тогда я загадал, как его поймать: если заглянет после записки в сценарий хоть одним глазком, значит, попался на крючок, не заглянет, можно со спокойной душой убираться восвояси.

Сработало! Владлен И. выхватил из середины наугад десяток строк, но и этого ему оказалось вполне достаточно. Победа! Впрочем победа ли?

— Да, интересно, — констатировал он. — Поздравляю! Но, к сожалению, нам это не подходит. Слишком дорогой и громоздкий проект. Я понимаю, у вас впечатление, что вы принесли совершенно готовую вещь, но вы даже не представляете себе, сколько времени может понадобиться для её доводки. Вы просто не знаете нашей специфики. Но попытайте счастья на какой-нибудь другой «кнопке», может, вам там больше повезёт?

По нашим вытянувшимся лицам он сразу понял, что мы обзвонили всё, что только возможно.

— Мы уже пытались, — честно признался отец, — но там даже не поинтересовались, как наш проект называется.

— Увы, к сожалению, ничем не могу вам помочь, мы перегружены доверху подобными предложениями.

В доказательство Владлен Игоревич

«совет в Филях» выглядел. Горящие, полные божественного вдохновения глаза Ма – я всегда ею любовался и восхищался, но такой красивой никогда ещё в жизни не видел. Улыбка отца, буквально упивавшегося своей победой – никогда ещё я не лицезрел его победителем и ради такого зрелища можно было простить ему все его эксперименты над нами и неудачи. Я, как новобранец, которому довелось поучаствовать в знаменитом сражении (ну чем не Бородино?) …

Наверное, к концу мы просто выдохлись, а может, просто сказались последствия «оттенка праздничности» съеденного обеда, но так или иначе, шум затих. Я первый начал приходить в себя и попытался вернуть своих драгоценных родителей на грешную землю.

– Так что – подводя итог – нас пытаются бессовестно обмануть и мы даже не знаем, есть ли у нас какой-нибудь другой выход?

– И всё-таки, главное – мы доказали: что работали не зря и в самом деле чего-то стоим, – подправил меня отец, воздев по привычке вверх указательный палец.

Да, наверное, он был прав, и мы действительно что-то там кому-то доказали. Но что толку с того? Я уже хотел было завести свою обычную шарманку, но до матери дошло, наконец, то, что для неё было самым важным в развёртывающемся на её глазах «историческом моменте»:

– И что, вас и в самом деле могут показать по телевизору?

– Шутишь? – рассмеялся отец. – Да нас будут «крутить» по «ящику» каждый вечер в течение практически двух месяцев, мы прославимся на всю страну. Тебя и то отобразят. Даже представят всем: это ведь такая классная фишка – папа и сын участвуют в еженедельной схватке, а жена (мама) болеет за них.

Ну, это уже превосходило все возможности воображения моей ма. Чтобы её показали по её обожаемому «ящику» – в такое она точно не могла поверить.

После подобного шока мне уже неудобно было заводить разговор о деньгах, и мы разбрелись по своим привычным местам обитания. Надо сказать, что при всей гармонии, которая царила в нашей семье, трудно было представить себе более разных людей, собравшихся по какой-то неведомой воле вместе.

Ма, помимо своей основной, бухгалтерской работы, вся была в домашнем хозяйстве, а её духовная жизнь не простиралась дальше мерцающего экрана телевизора. Когда она пребывала на кухне, он у неё не выключался ни на минуту. Я всегда был бессилен разгадать систему, по которой она переключалась с канала на канал, но главной её слабостью были, конечно, телесериалы. Когда я её спросил однажды, что она находит во всей этой муре, она мне ответила: детали. Сам сюжет не имеет особого значения, он может быть любой, но вот детали: внешность какого-либо персонажа или героини, костюмы, в которые они одеты, косметика, наложенная у них на лице, какие-то поступки, взгляды, а уж диалоги – это вообще писк. Вот здесь как раз и есть правда, и есть жизнь. Ну а ещё, конечно, характеры, жизненные конфликты, ситуации. В обычном фильме многое из столь важных мелочей теряется, там всё играет на основную идею, а здесь идея – не главное, главное – мечта или жизнь, что, в сущности, одно и то же для человека, волею судеб зажатого в своём крохотном мирке и находящего своеобразную отдушину во всякого рода «мыльниках».

Естественно, я передаю вам этот ответ своими словами, не так, как говорила мне Ма. Разумеется, что как раз в силу «трудностей перевода» вы ничего из моих объяснений не уяснили. Как многое не улавливал в них и я сам. «Что же получается? – иногда задавал я себе вопрос. – Что моя ма до сих пор мечтает о каком-то чуде, несбыточном счастье, принце, будучи влюблена в моего па? Видимо, чем-то он её всё-таки не устраивает? И она находит своеобразный компромисс между мечтой и реальностью? Но почему же она тогда говорит, что сериалы помогают ей осознавать, что жизнь и мечта – одно и то же?».

Лишь в одном я хорошо понимал её:

«мыльники» великолепно помогали ей общаться с коллегами по работе. Они обгладывали там каждую серию-порцию буквально до костей и, думаю, это во всех случаях лучше, чем говорить о взбесившихся ценах, о непомерном росте преступности, о несправедливости, проевшей всё и вся вокруг или ещё о чём-то подобном из конкретной, повседневной нашей жизни.

Отец любил кино и великолепно разбирался в нём, все тома нашего справочника Видеогид были затрёпаны до умопомрачения, естественно, не без моего участия – он каким-то образом сумел заразить этой любовью и меня, хотя вкусы у нас были здесь совершенно разными, порой даже диаметрально противоположными. Тем более было здорово, когда в оценке каких-то фильмов мы сходились во мнениях. Ту же

«Игрушку» с Пьером Ришаром мы готовы были смотреть каждый раз, когда её показывали по телевизору. Но когда отец пытался убедить меня, что лучшие сценарии, которые он знает – к фильмам «Принцип домино» с Джином Хэкменом и «Обманщики» Марселя Карне, то я готов был привести ему сотню примеров («Воскрешая мертвецов» Мартина Скорцезе, «Достучаться до небес» с Тилем Швайгером, «Джулия» с Тильдой Суинтон, не говорю уже о «Танце ангела» с Джеймсом Белуши), где сценарий был выписан и покруче. Ну и в последнее время, как я уже говорил, Па помешался на всяческих шоу из чего, собственно, и возник сюжет, о котором я сейчас вам повествую.

Что касается меня, то больше всего на свете я мечтал вырваться из той клетки, которой стал для меня наш дом, точнее, наша квартира. Клянусь, я не знал ничего более ужасного, чем жизнь моего па и моей ма, но представлял себе совершенно точно, чего я хочу и чего не хочу. Я не помню, где я вычитал или услышал эту фразу, но она буквально потрясла меня, «врезалась как корабельный якорь в память»: «Главное в жизни, – поучал там один герой (естественно, тот, что постарше) другого (естественно, того, что моложе), твёрдо знать, что ты хочешь. Остальное – нюансы». Может быть, я кажусь слишком самоуверенным, но я вполне мог бы, невзирая на свой недостаточно зрелый ещё возраст, их обоих поучить, тех героев: очень важно знать ещё, причём затвердить до предела, чего ты не хочешь.

Мне хотелось путешествовать, но даже в армии я служил в Москве в двадцати минутах езды на метро от своего дома. Возможно, отец постарался, чтобы хоть как-то загладить промах с институтом, возможно – просто везение.

Я хотел получить хорошее образование, но – не судьба.

Я хотел бы найти девчонку, которая понимала бы, любила меня, но где она?

Да и вообще: я мог бы перечислять свои мечты до посинения, но что в том толку? А уж если бы я начал рассказывать о том, чего я не хочу, то к этой книжке понадобилось бы издать отдельное приложение в двух-трёх томах, хотя всё их содержание можно было охватить одной только фразой: то, что у меня на тот момент было.

Как я проводил своё время? Ничего интересного. Читал книги, смотрел телек, медленно, но неуклонно уподобляясь своим «родакам». В частности, сравнительно недавно я начал понимать свою ма. «Как это нет ничего сегодня по телевизору, – любила повторять она. – Не ленись, переключай почаще каналы, всегда можно найти что-то интересное». Действительно, как это может быть, чтобы не было ничего достойного внимания в «ящике»? Одна «бегущая строка» чего стоила! «Суслик, вернись! Я вся твоя!!! Мышка». «Привет всему Братску! Олег». Привет, и Магадану тоже. А Президент? Представьте только, что вы беседуете с ним с глазу на глаз! Что бы вы ему высказали? Или попробуйте хоть недельку прожить по его ЦУ и чтобы при этом вам «не набили лицо», как говорят всё в той же незабвенной Одессе. Окно в мир! Кем бы мы все были без «умненького-разумненького» ТелеВидения?

Частенько также, особенно по субботам и

воскресеньям, я отправлялся прошвырнуться, и всякий раз при этом (как им только не надоедало!) мои отец и мать многозначительно переглядывались между собой – ну вот сегодня обязательно произойдёт Встреча. А может быть, она давно уже есть у него – симпатичная девчушка с кудряшками или без, наивная, улыбчивая, почтительная к старшим, начитанная (готовить – научим, в кино не разбирается – увлечём), а он просто скрывает своё сокровище от нас, готовит сюрприз? Я знал: они мечтали о внуках, их совершенно не смущала мысль, что им придётся потесниться и жить уже не втроём, а вчетвером, впятером, вшестером в нашей двухкомнатной конурке. Больше всего на свете они жалели о том, что я у них один, что не удалось им подарить мне братика или сестрёнку – просто время было такое, что обыкновенная детская коляска вдруг стала стоить столько, сколько раньше автомобиль, тут одного-то ребенка сложно было прокормить.

Да, девчонку хорошую я мечтал встретить, но где? На дискотеке? В Интернете на сайте знакомств? Я друзей-то всех незаметно растерял: какое общение сейчас без водки, как минимум, да и о чём с ними вообще говорить? Армию, школу вспоминать? Ну а девчонки сейчас пьют, курят, матерятся похлеще парней и попробуй им хоть слово скажи, посылают вас вовсе не в далёкий немецкий город Бремен, а сразу в очень близкие, вполне конкретные места. Ма и Па и тут ухитрились испортить меня: у нас даже в «немецкий город Бремен» никто никогда не посылал никого, достаточно было просто употребить это название в разговоре, чтобы показать, что тебя «достали».

Понятно, что «доставали» чаще всего меня, или мне казалось, что меня «замотали». Ну и таких «примочек» у нас был миллион, вот только за пределами нашей квартиры этот язык был чем-то вроде китайского или зулусского. Поняли, надеюсь, теперь мою жизнь?

Естественно, без продолжения разговора нам никак нельзя было обойтись. Только собрались мы на сей раз на кухне. Я первый начал. Конечно, я был бы не я, если бы в очередной, тем более столь ответственный, раз не попытался вернуть моих мечтателей-«предков» на грешную землю.

— Ладно, допустим, — сказал я, — что нам действительно впервые в жизни повезло и мы поймали золотую рыбку. Но, подумав, вы, надеюсь, согласны теперь со мной, что нас бессовестно пытаются обмануть?

Причём довольно умело, я бы даже сказал, профессионально. Наш милый Альхен вовсе не воришка, а матёрый вор, могу представить себе, сколько он загребёт на том, что нам, именно нам, бог послал. Да, да, папа, моё участие в нашем проекте было мизерным, ничтожным, я прекрасно сознаю это. Больше скажу тебе: я никогда не верил в него. Когда ты уточнял какие-то детали с важным видом, я просто говорил тебе первое, что мне приходило в голову, посмеивался над твоими усилиями. Сейчас я хочу перед тобой повиниться. Я не понимал тебя, теперь изменил своё мнение. Ты всю жизнь шёл к одной цели, ставил на одну карту, и ты выиграл. Никто в тебя не верил, а тебе повезло.

— Ну почему, я всегда верила, — вмешалась в разговор Ма. Ей, как и отцу, показалось слишком нудным и затянутым моё предисловие. Намекая тем, что пора бы и ближе к делу перейти. Но я сегодня во время прогулки тщательно обдумал свою речь и сбить меня с толку было невозможно.

– Тем более, – ответил я. – Но суть в том, что вряд ли когда-нибудь ещё нам такой случай представится. А здесь слава, деньги, крутое изменение судьбы. Надеюсь, вы понимаете?

– Конечно! Естественно! – эхом отозвались оба родителя.

– Ну, стало быть, и ладушки. Отвергнем соблазны, запатентуем наш сценарий как положено и выставим его на аукцион. А там принцип известен: кто больше даст, тому и достанется. Вот пусть и попробуют «дать».

Ма и Па переглянулись, потом замолчали, всем своим видом выражая несогласие. Мол, ты ещё молод, молоко на губах не обсохло, а жизнь есть жизнь.

— Нам не пробить эту стену, — вздохнул Па, нарушив, наконец, молчание. — Ты молод, горяч, многого не понимаешь.

— Нет, па, но неужели мы стерпим такое? Ты посмотри только, как он нагло вёл себя, этот Владлен. Ведь если записать его разговор на плёнку, где его после можно будет искать?

— Ладно, запишем, разоблачим, что дальше? — спокойно ответил Па. — Что это даст нашей семье конкретно? Тебе, мне, матери? Медаль Президент пришлёт или Бог на небе зачтёт? А вёл он себя не нагло, просто мы быстро нашли общий язык. Мерси, причём гран мерси, Ильфу и Петрову. Другим бы, может, и не предложил. Это как шахматы, главное здесь — уметь жертвовать. Помнишь, я тебе рассказывал, как чуть было не стал чемпионом школы по шахматам?

Господи, да этот рассказ я слышал, наверное, раз десять, не меньше. В шахматах мой па никакой науки не признаёт, играет хаотично, наобум, что ему, к примеру, какая-то защита Каро-Канн? Как бы то ни было, но на чемпионате школы он неожиданно дуриком пробился в финал. Противник у него был достойный, какой-то перворазрядник, но отец так ему зубы заговорил (это он умеет, до сих пор навыков не потерял), что тот проморгал пару хороших фигур. И вот тут «разрядничек» собрался и буквально задавил моего отца жертвами. Отец поддался, естественно, на приманку, утратил преимущество в позиции и неожиданно получил мат. Этот урок он усвоил на всю жизнь, хотя играть продолжает до сих пор в том же духе. На себе проверял – главное, не дать ему заболтать тебя.

Я, разумеется, знал, что если поставлю вопрос на голосование, моя карта будет бита. Ох уж эти большевики, сколько я от них натерпелся! Зачем вообще по какому-то поводу советоваться со мной, если счёт всегда неизменен: 2: 1? Понятно, в чью пользу? Поэтому попытался сделать хорошую мину при плохой игре.

– Ладно, согласен, ваша взяла. Но вместе нам участвовать не получится. Никто мне на работе такой большой отпуск не даст, а вы прекрасно понимаете, что другого чего-либо подобного мне, без образования, не найти: программистов сейчас дипломированных пруд пруди, а если диплома нет, только в дворники или курьеры – куда мне ещё идти потом прикажете?

Конечно, насчёт «дворника или курьера» я сильно преувеличивал, однако в зарплате я точно резко скатился бы. К нам на фирму я устроился исключительно благодаря Витьке Козлу, он за меня поручился перед начальством. Хотя работал я на совесть и даже кое-каких выпускников Бауманского или МГУ мог заткнуть за пояс. Ма промолчала, но она знала как никто другой, что наш семейный бюджет во многом именно на мне в последнее время держался. Достаточно сказать, что впервые в жизни у нас появился счёт в банке.

Отец расстроился, но тут же снова воспрял.

– Одному не интересно. А что, если попробовать такой вариант: попроситься у нашего Альхена на какое-нибудь другое шоу, вроде «Как стать миллионером», но только вдвоём, что мы – хуже тех недоумков, которых обычно по телевизору показывают? Миллион не выиграем, конечно, но какой-нибудь лакомый кусочек уж точно сможем ухватить.

– Нет, па, – проговорил я как можно мягче. – Тут я с тобой никак не соглашусь. Во-первых, откуда нам знать, как на таких шоу люди в самом деле что-то выигрывают? Во-вторых, один раз, одна игра, или два месяца кряду – есть разница? В-третьих, тут ты в родной стихии: кто может знать правила лучше тебя, раз ты их сам составлял? Ты выиграешь, обязательно выиграешь.

– Что ж, ты прав. Несомненно, прав, – невнятно пробормотал отец. – И всё-таки жаль, очень жаль.

– Согласен, жаль, конечно, просто отчаянно жаль, но ничего не попишешь. Победитель во всех случаях может быть только один. Моё участие было бы чисто формальным. Ни второй, ни даже третий приз мне бы точно не дали, а зачем тогда подобные жертвы?

Против такого сокрушительного довода отец ничего не смог возразить и я вдруг почувствовал, что мыслями он уже там, далеко, по другую сторону экрана. Ему, как полководцу, рисовались в воображении батальные сцены или, как претенденту на премию «Оскар», церемония награждения… Я был счастлив, но счастливее всех казалась наша Ма. Я представлял себе, какого труда ей будет стоить не проговориться раньше времени о нашем семейном триумфе своим коллегам по работе, подружкам, соседям. Зато сколько потом будет гордости, звонков по телефону – чего ещё можно желать?

В конце вечера отец пригласил меня на кухню и показал на два хрустальных бокала, которыми мы чокались с ним по любому удобному поводу, даже для того, чтобы просто в жару попить минералки.

— Извини, есть только кефир, — улыбнулся он. — Но ведь это не принципиально важно, я думаю?

В принципе какое-то значение это имело: характерного, столь милого сердцу, хрустального звона на сей раз не получилось. Но кефир был вкусным, это я хорошо помню.

Па какое-то время никак не мог успокоиться, склоняя на самые разные лады «бессмертные строки» «аса» (А. С.) (асса!) Пушкина:

Ночной зефир

Струит эфир.

Шумит,

Бежит

Гвадалквивир.

Я понял, что у него заклинило, так что

мне ничего не оставалось, как только к нему присоединиться. Через минуту мы уже торжественно декламировали Ма:

Струит эфир
Гвадалквивир.
Окунем перья мы
В кефир.

В общем, вечер удался на славу.

ГЛАВА 4

Реальности «реалити».

«Автора!». «Монгол тудей».

Американщина.

Оливер Твист.

— Что с тобой сегодня, ты совсем как варёный! — Витька прошёл мимо и столкнул мой локоть со стола, думая, что я дремлю. Но я уже привык к его шуточкам и ухитрился не потерять равновесие.

— Так, неважно себя чувствую, — отделался я дежурной фразой.

— Понятно, а я уж думал — влюбился, или на дискотеке вчера оторвался по полной программе.

Он то ли что-то рассказывал мне, то ли о чём-то выспрашивал, однако у меня не было никакого желания вслушиваться в его болтовню. Я хорошо знал, что Витька, как ни много он для меня сделал, свою фамилию оправдывал, и интересы фирмы блюл как никто другой. Попробуй пачку бумаги стащить или прийти утром с похмелья, тут же настучит начальству. Натура такая. Специалист он был высочайшего класса, так что за место своё мог не беспокоиться, его и так постоянно пытались переманить всякого рода «хэдхантеры» – охотники за головами. Он с удовольствием ходил на встречи с ними, обедал за их счет в ресторане, разыгрывал колебания, сомнения, потом, в итоге, прикрываясь малодушием, отказывался.

Впрочем, козёл он и есть козёл, мне-то что за дело? У нас вообще на работе типчики те ещё подобрались – пальца в рот не клади. Так что посоветоваться мне было не с кем.

Да и что толку советоваться? Самое мудрое было просто подождать до последнего, а потом с самым невинным видом попросить «творческий отпуск», объяснив ситуацию. Потому что если сделать это заранее, меня выпрут на следующий же день, а это совсем не входило в мои планы.

Как вы, наверное, уже догадались, Альхен отверг с порога наш вариант и поставил непременным условием сделки то, чтобы мы участвовали в шоу вместе. А если уж сказано «а», то нужно говорить и «б». Хотя идти на такую авантюру у меня никакого желания не было.

Надо сказать, что вообще колесо завертелось неожиданно быстро. Необходимо было срочно заменить какое-то, совсем уж потерявшее рейтинг, шоу, и мы тут вписались в самый раз. Конечно, сценарий пришлось подгонять, причем долго и нудно. Иногда требования были самые идиотские, а ещё того хуже – после недели переработок какого-то куска, вдруг неожиданно всё возвращалось к прежнему варианту, но затем начальство вдруг отстало от нас, дело перешло в руки профессионалов: директора, режиссёра, продюсера, и всё стало складываться настолько стремительно, и выглядело настолько здорово, что нам с отцом даже удивительно было – неужели мы могли такое придумать?

Нас никто не знал из команды, готовившей шоу, контактировали мы исключительно с Альхепом, вот почему наше участие в предварительном конкурсе, или, как его принято сейчас называть, кастинге, было не желательным, а обязательным. Хотя наши имена, несомненно, были занесены в какой-то особый список. Как бы то ни было, мы с моим па с самого начала решили: не требовать для себя никаких поблажек, хотели пройти на равных с другими весь путь от начала и до конца.

Я не знаю, зачем дирекции понадобилось в тот знаменательный день так долго держать нас возле дверей концертной студии Останкино. Но, наверное, какой-то смысл в этом был, потому что самые неожиданные люди, всех возрастов и социальных категорий, полюбопытствовав: «За чем стоим?», как в незабвенные времена социализма, сами вдруг решали поучаствовать. Особенно это привлекало приезжих. Какая удача! Надумали посмотреть Москву, а тут вдруг конкурс. Ну а дальше, как у Цезаря: «Veni, vidi, vici» – «Пришёл, увидел, победил».

Я вообще удивлялся: подумать только, такая массированная реклама шла целых полтора месяца в прессе, по телевидению, люди прилетели из Улан-Удэ, Барнаула, Владивостока, даже с Камчатки, были и иностранцы, в основном из так называемого ближнего зарубежья, а тут люди становились в очередь, как в жаркий летний день за мороженым, толком даже не зная, что им придётся делать.

Шоу тогда ещё носило название: «Автора!». Да, собственно, это было и не название, как таковое, а анонс, реклама.

«Автора!» Приглашаем всех людей, обладающих творческими способностями в самых разных литературных жанрах, принять участие в нашем конкурсе».

И так далее, в том же духе.

Ну а пока нашим единственным развлечением были подъезжавшие на машинах телезнаменитости, из которых я, признаться, к стыду своему, никого не знал. Вот бы сейчас Ма сюда, она тотчас бы всё объяснила. Кто визжал от восторга, кто кидался за автографом, кто просто наблюдал эти сцены со снисходительной улыбкой. Ничего, мол, скоро на равных будем общаться.

В толпе сновали журналисты с блокнотами и диктофонами, фоторепортёры, операторы с видеокамерами. Вопросы задавали, на мой взгляд, самые, что ни на есть, идиотские, в конце концов, порядком всем надоели. Некоторые от них даже стали прятаться.

Несколько ребят незамедлительно воспользовались возможностью немного поразвлечься. Лопоча что-то, кто по-английски, кто по-итальянски, кто по-французски и безбожно коверкая русский язык, проводили блиц-интервью с заранее составленными вопросами. Впрочем, я обратил внимание, приставали они преимущественно к красивым девчонкам и разговор, как это обычно бывает в подобных случаях, неизбежно заканчивался просьбой дать номер мобильного телефона.

Был даже один парень, который работал под монгола. Газета у него называлась как-то странно: «Монгол тудей». Хотя вполне могло быть, что он и в самом деле был монголом, и, действительно, есть в Монголии такая газета.

На этих ребят, кстати, никто не обижался. Двухчасовое стояние в очереди было настолько утомительным, что любос развлечение было как манна небесная.

Как раз там, в очереди, мы с отцом впервые и увидели их: Девушку в чёрном и Ужастика. Вокруг них, кстати, больше всех тёрлось пишуще-снимающей братии. К каждому из них во время такого ажиотажа мы подобрались поближе, и оба раза в весьма угнетённом состоянии духа вернулись обратно.

– Первое место, – показал отец на Ужастика, – и второе, – вздохнул он уже в адрес Девушки в чёрном. Мы только третьи. Но и это было бы неплохим результатом – вдруг мы кого-нибудь просмотрели.

– Ничего, дождёмся второго тура, – ответил я скептически, хотя и сам нежданно-негаданно ощутил мандраж в коленях.

– Главное – не победа, главное – участие, мы ведь с самого начала так решили, – попытался подбодрить меня Па.

Решили-то, решили, но как же без азарта, без надежды на чудо, без «А вдруг?»! Что, бороться совсем без стимула? А какой тогда смысл?

Только сейчас вдруг эта мысль дошла до моего сознания. Отца она почему-то не угнетала. Ничего, мы просто так не сдадимся!

Наконец, нас всех скопом запустили внутрь, и мы очутились сначала в холле, а затем на знаменитой сцене, знакомой по многочисленным телепередачам, наверное, каждому человеку в России. Впрочем, со сцены нас тут же отправили в зал, на ней остались только пять человек, которые сидели на достаточно отдалённом расстоянии друг от друга. К каждому столику была прикреплена табличка с фамилией и инициалами сидевшего за ним члена жюри, так чтобы можно было как-то ориентироваться, к кому, с чем обращаться.

Ещё в очереди я поразился разномастности стоявшей публики. Здесь, в зале, была возможность присмотреться внимательнее. Никогда ещё в жизни я не видел разом столько красивых девчонок. Просто живые модели, киноактрисы. Патлатые ребята с расчехлёнными, готовыми к бою, гитарами. Какой-то парень, забравшись на самый верхний ряд, что-то репетировал на пастушеской свирели. Ещё запомнился один тип, обвешанный с головы до пят всякого рода инструментами и побрякушками, своего рода Человек-оркестр.

Шум вообще стоял невообразимый. Девицы трещали без умолку, кто-то тихо протренькивал на своей шестиструнке заветные аккорды, кто-то обменивался адресами. Совсем незнакомые между собой люди представлялись друг другу, рассказывали о себе, делились любой, мало-мальски заслуживающей внимания, информацией.

Но были и такие, которые, наоборот, сохраняли полную невозмутимость. Отгородившись от всего происходящего, они молча сидели, не снимая наушников, лишь изредка переключая плеер.

Я сбегал в холл для интереса и не пожалел об этом. Кто-то распевался, кто-то читал юморески, басни, отчаянно при этом жестикулируя. Некоторые приехали парами, и даже целыми группами. Ужастик подпирал стену, ни с кем в контакт не вступал, Девушка в чёрном невозмутимо курила сигарету, вставленную в длиннющий мундштук, как раз под надписью со строжайшим на сей счет предупреждением-запрещением со стороны администрации.

Я всё-таки не удержался от соблазна подойти к Ужастику, который, к моему счастью, оказался весьма общительным и обаятельным парнем.

– Ты кто? – спросил я. – И почему такое странное одеяние?

– Я первый российский ужастик, – торжественным тоном преподнёс он мне леденящий душу набор фраз, который потом нам всем ужасно надоел в нашем скученном совместном житии, – я люблю кровь, обожаю вселять ужас. По ночам я разрываю могилы и поедаю трупы...

И тут я вспомнил, кого этот парень копирует. Какой-то фильм, название которого совершенно вылетело у меня из головы. Из того, что в ней всё-таки осталось, могу сказать только, что там был молодой тинейджер в стадии ломки характера, который, шокируя своих родителей, а в особенности, гостей, постоянно ходил дома в чёрном плаще, с огромными накладными клыками во рту, жутко страдая от того, что ему не с кем поделиться своими кровососными проблемами. Спал он, соответственно, в гробу, дальше вы, наверное, сами всё вспомнили. Ну а этот чудик, получается, был не только вампиром, но ещё и людоедом-некрофилом. Полный дурдом!

Я решился всё-таки спросить:

– Слушай, всё помню, кроме того, как фильм назывался. Какая-то американщина. Не подскажешь, случайно?

– Нет, это профессиональная тайна, – свистящим шёпотом ответил парень. Впрочем, на вид трудно было определить его возраст, так как на лице у него, как у всякого уважающего себя вампира, а тем более людоеда-некрофила, была маска.

– Он не вампир, он Ужастик! – сказал я отцу, когда вернулся в зал.

– Ужастик! Кто такой Ужастик? – в полном недоумении спросил Па.

— Ну, тот парень, которому ты напророчил первое место! Кстати, не помнишь, как называется фильм, из которого он свой персонаж слямзил?

Но и отец это название так и не смог вспомнить. Хотя сам персонаж-тинейджер тоже глубоко ему в память врезался.

Наконец, на сцену вышла директор конкурса, Римма Кошебянц, маленькая подвижная армянка, чистый колобок. Но я как-то слышал, как этот «я от бабушки ушёл» на редкость виртуозно ругался матом, а уж курила она вообще как паровоз.

— Внимание, — проговорила Римма Аракеловна своим низким грудным голосом. — Мы начинаем. То, в чём вам предстоит принять сегодня участие называется кастинг. Надеюсь, тут в зале нет случайных людей и все вы знаете условия нашего конкурса. Тем не менее, напоминаю: речь идёт не об исполнителях, а об авторах. Басни Крылова, юморески Зощенко, песни с текстами Михаила Шафутинского или, тут она сделала реверанс в сторону сцены, Игоря Николаенко вы можете приберечь для каких-нибудь творческих вузов. Здесь принимается только то, что вы написали сами, качество исполнения в расчёт не идёт. Порядок прост: когда подойдёт ваша очередь, вы выходите на сцену, подходите к столикам, за которыми члены жюри с вами будут проводить собеседование. Помимо того, что вы сейчас сочтёте нужным рассказать или исполнить, вы можете предъявить также любые материалы, которые вы принесли с собой: диски CD, DVD, флешки, рукописи рассказов, романов, сценарии клипов, фильмов, в общем, всё, на что вы способны. Если вас отметили, вы получаете специальную карточку, таких карточек вы соответственно максимально можете набрать пять. Уходя, вы отдаёте эти карточки секретарю нашей комиссии, который сидит сейчас в холле, затем ждёте вызова на второй тур. Естественно, тем, кто не получил ни одной карточки вызов не светит. Чудес на свете не бывает. Удачи вам всем!

Тотчас началось шевеление в зале. Те, кто попал сюда по чистой случайности, решили не терять дальше времени даром. Однако большинство из этих «случайных», как я понял, всё-таки предпочли остаться. Зрелище предстояло весьма небезынтересное, да и обстановка располагала. Не говоря уже о том, что была прекрасная возможность засветиться: все репортёры и операторы тут же, вслед за нами, переместились с улицы внутрь здания. Была и специальная бригада уже нашего телешоу, но она целиком находилась на сцене, сфокусировав своё внимание на выступлениях участников, лишь изредка выхватывая какие-то кадры из зрительного зала.

Несмотря на предупреждение Риммы Кошебянц, нашлось немало желающих продемонстрировать свои актёрские или музыкальные способности. Их естественно с позором выгоняли. Я без труда разгадал, что этими людьми руководило: воспоминание о том, как им довелось однажды выступать на самой знаменитой концертной площадке страны, будет греть им душу потом всю жизнь. Особенно, если друзья успеют отснять их на фото или видео. Хотя, конечно, часть людей, находясь в холле и усиленно репетируя, действительно не слышала предупреждений директора шоу.

В общем всё обстояло далеко не так просто, как виделось устроителям. Тем более что и сами члены жюри, народ весьма разномастный, не совсем хорошо представляли себе, чего им требовать от конкурсантов.

Мы с отцом сознавали, что мы единственные, кто имел возможность, как следует к конкурсу подготовиться, так как никто лучше нас не знал его условий. Конечно, нам неведомо было, кто конкретно будет сидеть в жюри, но вот их профессии были достаточно хорошо известны.

«Юмор. Пародии». Здесь нас ожидал сам Ефим Бухтин, мы довольно сносно с ним похохмили и отдали на просмотр рукопись рассказа, который мы в спешном порядке, буквально за два вечера, состряпали. В нём мы использовали богатый опыт нашей Ма. «Ха, как это нет ничего по телевизору? По телевизору всегда есть, что посмотреть!».

Рассказ назывался «Не надо о грустном». Герою там, много времени проводящему перед «ящиком», неожиданно начинает казаться, что популярная певица с её супершлягером «Не надо о грустном!», поёт с некоторых пор исключительно для него, постоянно делает ему какие-то таинственные знаки, посылает признания, мечтает с ним познакомиться, даже встретиться. Он начинает старательно вникать в смысл её загадочных посланий, не уставая мурлыкать себе под нос: «Не надо о грустном, не надо!» и обнаруживает, что его догадки подтвердились: он и в самом деле любим.

Сначала общение с певичкой льстит самолюбию героя, затем начинает его раздражать («Не надо, не надо, не надо!»), он грязно ругается в своих ответных посланиях и даже делает попытки к рукоприкладству. Однако певичке это почему-то нравится, во всяком случае, она не подаёт вида.

В итоге выясняется, что герой – заурядный пациент психиатрички. В частности, «сеструха», о которой он постоянно по ходу повествования упоминает («Сеструха говорит: «Нет там ничего, по телеку, я смотрела программу». Она ничего не понимает: зачем программа? Как это нет ничего по «ящику»? В нём всегда есть что посмотреть. Одна «бегущая строка» чего стоит!»). («Сеструха пытается посмеяться надо мной: «Что ты всё время пялишься на эту «строчку»? Надеешься, что тебе самому кто-нибудь какое-нибудь послание передаст?» «Конечно! А чем я хуже других?», отвечаю), на самом деле сестра медицинская.

Ему каждый день дают много таблеток, которые он утаивает, а затем выпивает сразу, в лошадиных дозах, составляя немыслимые коктейли (большая, маленькая, зелёненькая, красненькая, оранжевая). («Я удивляюсь врачам, за кого они нас здесь принимают? С этими таблеточками и обезьяна сообразила бы. Тем более, если посадить её в клетку. Мы что, по их мнению, глупее обезьян?»)

Видения ему, соответственно, предстают самые разные, совершенно фантастические, а тут вдруг заклинило: какое сочетание ни придумай, опять она, всегда она, всюду она! Поразмыслив, этому «клину» он находит только одно объяснение: его разгадали, пора выписываться.

Каюсь, не бог весть что, но Ефиму понравилось. Больше всего он хохотал над выражением, которым герой характеризуст самого себя: «Особенно, если учесть, что у тебя в голове кукушка наср…».

Ещё он, понизив голос, спросил нас: «А певица эта, Калерия, да? А «Шрэка» вы не боитесь?» Мы поняли, кого он имел в виду – мужа Калерии, Виссариона Перегудина.

Па тут же нашёлся и рассмеялся в ответ:

– Не-а, не боимся, – он показал ладонью сначала совсем рядом с полом, затем задрал её вверх, насколько рука позволяла: – Кто мы, и кто они!

Я не случайно так обстоятельно рассказал об этом случае – это был наш маленький триумф. Ма онемела, когда мы предъявили ей в качестве доказательства фотографию (Ефим принёс её одну, чтобы подарить только самому лучшему) с автографом одного из самых любимых её актёров-юмористов. А уж рассказ о том, как мы проходили собеседование с ним, она заставляла нас повторять чуть ли не с десяток раз.

На следующем конкурсе: «Поэты. Поэтыпесенники» (подразумевалось также, что в нём могут участвовать сценаристы самых различных мероприятий, музыкальных клипов и пр.), мы решили пойти на чистейшей воды дурь по бессмертному рецепту небезызвестного персонажа Валентина Катаева – Ниагарова. Там, «мой друг Ниагаров», на каких только поприщах не перепробовавший себя и подвизавшийся на сей раз в журналистике, в каждой газете, куда он, перебегая с этажа на этаж в одном и том же здании, предлагал свои опусы, менял только профессию своего героя, величая его везде одинаково – Митрий («Митька, этот старый морской волк, поковырял бушпритом в зубах и весело крикнул: «Кубрик!», «Старый химический волк Митя закурил коротенькую реторту и, подбросив в камин немного нитроглицерину, сказал: «Так что, ребята, дело азот». «Старый железнодорожный волк открыл семафор и вошёл в тендер, где ютилась его честная, несмотря на её многочисленность, семья... ... Умаялся я, Октябрина», – сказал Митрий жене»).

В данном случае из нашего опуса о пациенте психушки мы оставили только идею шлягера, который так досаждал ему, срочно сочинив «забойный» текст («Не надо о грустном, не надо!»). Можете себе представить, какая это была белиберда, не говоря уж о совсем примитивном мотивчике, на который мы её проблеяли. Николаенко с большим трудом выслушал нас до конца и вздохнул с большим облегчением, когда мы переместились от него к другому столику.

– Ничего, ребята, может вам в другом месте больше повезёт, – с натужной любезностью проговорил он.

Я искренне надеялся, что в жюри самого

телешоу он не войдёт, наверняка мы ему запомнились. Наше место тут же занял какой-то блондинистый патлатый бард, и уже с первого аккорда на гитаре между ним и популярным певцом-композитором установилось полное взаимопонимание.

Самому кассовому нашему кинорежиссёру, успешно подвизавшемуся даже в Голливуде, мы всучили заявку под названием «Вся рать земная». Сюжет там был прост, как апельсин: при нашествии инопланетян погибают все люди и тогда в сражение с галактическими завоевателями вступают языческие духи (эльфы, лешии, домовые и пр., и пр.) со всех сторон света, перед лицом смертельной опасности решившие объединиться.

Их постоянные споры между собой, раздоры, амбиции – всё как у людей. В конце концов, они побеждают и вытесняют захватчиков за пределы Земли. Амбиции столь сильны, что духи по инерции продолжают сражаться дальше уже между собой, но, к счастью, вовремя прекращают братоубийственную войну.

Завершается этот опос-эпус тем, что какой-то не то эльф, не то гном сидит под деревом со всякой снедью, разложенной на траве, и пытается приручить обезьяну, заставить её слезть с дерева, чтобы выдрессировать на человека. А упрямая обезьяна, соответственно, никак не желает поддаваться дрессировке.

По заявке, тщательно расписанной и составленной по всем правилам (мы сумели достать образчик), мы предусматривали несколько вариантов воплощения этой бредовой «саги»: киноблокбастер, франшизу, телесериал и многосерийный мультик-аниме.

Проект был мощный, но в исполнении

совершенно нереальный, однако режиссеру, не буду приводить его фамилию, она и так достаточно хорошо известна, крыть было нечем и ему ничего не оставалось, как только, почесав затылок, выдать нам вожделенную карточку.

Так же легко мы вырвали «приз» и у представителя известного издательского дома. Сюжет нам подсказала Ма, это была действительная история одной её знакомой. На реальность мы естественно начихали и всё переврали, как только смогли, однако варево, как ни странно, получилось вполне съедобным.

Роман мы назвали «Нежная». Героиня – молодая девчонка, бежавшая в Москву из провинции, и не поднявшаяся здесь выше уровня бомжихи с площади Трёх вокзалов. Она – член банды, просит милостыню у людей с одной только целью – высмотреть, есть ли у них какие-нибудь деньги, а после дать знак своим подельникам, чтобы они их ограбили.

Так ей попадается на пути одна старуха, которая решает немного поддержать и даже приютить её. То, что ей удалось пробраться к старухе домой, «героиня» считает необыкновенной удачей, и, общаясь со своей благодетельницей, она делает вид, что терпеливо выслушивает все её воспоминания и наставления, в то же время выжидая момент, как связаться со своими друзьями и осуществить своё преступное намерение. («Ни дать ни взять «Оливер Твист»! Чистейшей воды! Плагиатом попахивает», – прервал меня на этом месте отец, затем махнул рукой – чёрт с ним, сойдёт вполне для собеседования).

Однако тщательно обшарив в отсутствие старухи квартиру, девчонка не обнаруживает в ней ничего ценного. Тогда у неё возникает мысль отторгнуть у старухи жилплощадь (тут уж мы открестились, как могли от знаменитого Чарльза Диккенса), но та вдруг делает неожиданный ход, который вновь ставит героиню в тупик: выправляет ей паспорт, удочеряет и прописывает в своих «чертогах».

Теперь героине нет смысла обращаться к бандитам, а сама убить старуху она не решается. Намерения оттягиваются и оттягиваются, а между тем старуха умирает. Её сын тут же является, чтобы предъявить свои права на наследство, героиня уговаривает его дать ей пожить в этой квартире полгода, после чего она полностью откажется от всех прав на неё.

В общем чепуха чепухой, но дальше мы начали усложнять сюжет. Героиня предстаёт вначале совершенно размытой личностью. У неё нет своей жизни, она живёт мечтами, устремлениями других людей.

Сначала это её подруга Люська, погибшая, став жертвой насильников, но с самых детских лет мечтавшая о нормальной, человеческой жизни. Чтобы не повторить её судьбу, героиня и уезжает в Москву, однако поначалу её (Люськины) мечты терпят крах. Затем она живёт жизнью банды, в которую даже и не входит, а так, вроде как стажируется. Потом наступает очередь старухи и так далее.

В конце концов, героиня выпрямляется и находит свой собственный путь. Ну и естественно обретает, наконец, долгожданное счастье.

Вообще мы были потрясены, как просто замысливать что-то, зная, что не нам это исполнять.

Владимиру Позднякову, сидевшему за столиком «Журналистика. ПиаР», мы хотели всучить юмористическое интервью (опять «Мой друг Ниагаров»), нет-нет, не с Калерией, конечно, а с неким знаменитым киноартистом, коснувшись преимущественно его участия в телесериалах.

Главной хохмой естественно было содержание этих сериалов, однако мэтр не оценил нашего юмора, он внимательно посмотрел на нас поверх очков (уж он-то точно запомнит, причём на всю жизнь, наши физиономии) и прервал в самом начале наше выступление.

Кстати, он был единственным, кто поднял вопрос о том, почему мы проходим кастинг не по отдельности, а именно дуэтом. Как ни странно, он оказался прав, в условиях конкурса такой вариант не был предусмотрен. Мы с отцом застыли в ужасе, ожидая, что будет дальше. Как же мы могли столь важный момент упустить? Тоже мне «авторы»!

Впрочем Римма Аракеловна моментально созвонилась с Владленом И., и он решил неожиданно возникший казус в нашу пользу: условия были дополнены. Но поволноваться нам пришлось изрядно.

Кроме того, только сейчас мы оценили сообразительность тех ребят, которые вроде как у красивых девчонок в очереди номера мобильных телефонов выспрашивали: они совсем не дурачились, как мы опрометчиво полагали, они работали, и их труд не пропал даром: материалы, ими добытые, имели у Позднякова большой успех.

И как только мы сами до такого простого варианта не додумались, позволили себя обскакать? Что ж, хороший урок на будущее:

никогда нельзя недооценивать своих соперников.

Как бы то ни было, мы возвращались домой окрылённые, поздравляя друг друга с заслуженной победой: всё-таки три карточки из пяти! По пути мы зашли в магазин и долго решали, какую минералку нам выбрать. В конце концов остановились на пузатой бутылочке «Перье». Знай наших, полку миллионеров прибыло. Конечно, в принципе-то, мы бы предпочли «Славяновскую» или «Нарзан», но название на редкость подходило к нашему случаю!

В довершение всего Ма показала нам флешку с записью двух наших засветок в теленовостях. Одно блицинтервью в повторе мы даже сами воочию на исходе вечера увидели. Но естественно доминировали там Ужастик и ребята с гитарами. Полагаю, что не все тележурналисты ещё хорошо знали суть шоу, которое им потом два месяца предстояло освещать. Разумеется, я имею в виду не на нашу, а другие «пипочки».

ГЛАВА 5

Реальности «реалити» – 2.

Ободранные обои.

Кофе со «слипками».

Любовь слепа.

Мудрёна Матрёна.

Конечно, нам, москвичам, было легче. С иногородними доходило до смешного: едва они успевали добраться домой, как в тот же вечер им звонили с просьбой явиться на второй тур. Некоторых же родные заворачивали прямо с порога: мол, знаем, знаем, поздравляем; не раздевайся – поешь, перепакуй чемодан и обратно – ты прошёл.

Мы с отцом тоже не избежали сюрприза: по инерции (в данном случае, «инерции мышления» – сообразительности не хватило) мы предполагали, что второй тур будет проходить приблизительно так же, как и первый, только с меньшим количеством участников. Однако действительность превзошла наши ожидания.

Представьте себе довольно большую комнату, одна половина которой была отделана и даже декорирована атрибутикой нашего конкурса, а вот на второй валялись доски, куски штукатурки, был сложен какой-то запылившийся хлам, на стенах висели ободранные обои. Я до сих пор понять не могу, каким образом телеоператорам удавалось так проводить съёмки, что эта незавершёнка не попадала в кадр.

По компьютеру у членов жюри, один у директора, и три десятка непосредственно в зале. Участников набралось не больше ста. Выход после испытания был предусмотрен так, чтобы не было никакой возможности обменяться впечатлениями с теми, кто ещё только ожидал своей очереди. Смартфоны, планшеты, мобильники у нас предусмотрительно отобрали.

В общем получилось нечто среднее между выпускными школьными экзаменами и творческим конкурсом в вузе.

Жюри тоже поменялось, за исключением Игоря Николаенко. Ефима Бухтина заменил Михаил Задорожный, Позднякова – Мария Майская, хорошо известная нам с отцом по публикациям в «Московской Заре», ещё добавились скандальная писательница Эльвира Шипова и до сих пор непревзойдённый ещё со времён социализма, лучший, на наш взгляд, киносценарист в России, Эдуард Мережкин. Это уже была часть той команды, которой и предстояло делать шоу от начала и до конца.

Самым нудным было ожидание. Поначалу мы с отцом, чтобы чем-то занять себя, решили путём наблюдения составить хоть какое-то представление о правилах игры, в которой нам предстояло участвовать, затем поняли, что можем таким образом перегореть раньше времени и стали просто глазеть на остальных претендентов.

Как раз здесь и всплыло название «Перья». Смеялись над этим вариантом все кому не лень, но никому так и не удалось придумать ничего более подходящего. Хотя как только они не изощрялись! Были тут и: «Ни пуха, ни перья!» с ударением на последнем слоге, и «Чернильные крысы», но самую лучшую пародию придумал всё-таки мой отец – «Пёрья». Он сказал, что так один его знакомый алкоголик это слово выговаривал. (Никогда бы не подумал, что у моего па могут быть такие знакомые!).

Умением работать на компьютере сейчас никого не удивишь, но я всё-таки был профессионалом и, усевшись перед монитором, уже ничего не боялся, чувствовал себя как рыба в воде.

Когда мы ввели наши данные, на экране тут же повисла сумма 60. Я заглянул в «Мастер-подсказчик», где мультяшный бородатый мужичок, весьма похожий на того, который сидел сейчас за директорским дисплеем, радостно сообщил нам, что за три карточки, которых мы удостоились, мы получили по максимуму, а вот Николаенко с Поздняковым оценили наши способности как нулевые. Да и бог с ними! Хотя… С Николаенко, конечно, спору не было, а вот Поздняков мог бы и не выпендриваться со своим жирным «нулём», пусть хиленькую двоечку, но поставить. В общем с Ниагаровым не получилось, у Ильфа и

Петрова есть похожий персонаж, гораздо более колоритный, не спорю – Никифор Ляпис-Трубецкой, которого они с Ниагарова у Валентина Катаева без зазрения совести передрали, лучше бы мы на него поставили. Всё-таки, Гаврила – не Митрий, «Гаврилиаду» («Страдал Гаврила от гангрены, Гаврила от гангрены слёг…». «Служил Гаврила за прилавком. Гаврила флейтой торговал…». «Гаврила шёл кудрявым лесом, /Бамбук Гаврила прорубал…») все знают, хотя, на мой взгляд, «поковырял бушпритом в зубах» – гораздо смешнее.

Задания были на редкость простыми.

«Курьёзы, которые вы видели, слышали или самим их выдумать».

Господи, да этого добра у нас! Фантазия наша была просто неиссякаема. Тут и «генерал в останках» (вместо «в отставке») и «кофе со слипками». В общем, не будите в кошке зверя! Хотя за то, что это именно наши хохмы, а не заимствованные, с полной уверенностью мы бы не поручились. Подобной чепухи столько носится в воздухе! Просто выше головы.

«Прописать в художественной форме эпизод на основе короткой заметки в криминальной хронике».

Плёвое дело! Опять же – не нам читать!

«Сочинить текст песни, отталкиваясь от первой строчки: «Любовь слепа».

Оттолкнулись! Правда, дальше второй строчки дело не пошло: «Но сердце мудро!»

Мудрёна Матрёна! Мы особо и не огорчались. После первого блина у нас и второго не получилось – мы уже поняли, что Николаенко нам не перемудрить.

«Неуловимые мстители» возвращаются. Ваш вариант»!

Да, загнул дядя Эдуард! Куда они могли бы ещё пойти со своими «способностями»? Только в бизнес!

«Подготовьтесь к интервью со знаменитым человеком».

Ну, тут нам представилась полная возможность реабилитировать себя в журналистике. Книгу «Театральный бомонд России» мы всей семьей до дыр зачитали, знали, чем Марии Родионовне угодить.

На выходе мы столкнулись с Ужастиком. Я воспользовался возможностью познакомить с ним своего отца. К психологу мы пошли сразу втроём, похохотали из последних сил.

И лишь на пути к дому мы с отцом одновременно вспомнили, переглянувшись: Девушка в чёрном! Как же так получилось, что её на втором туре не было? Собрала все пять карточек и пошла дальше вне конкурса?

Что ж, настал момент рассказать о Девушке поподробнее. Хотя, как это возможно описать, я просто себе не представляю. Небольшая шляпа с полями, стилизованная под ковбойскую, лёгкие летние сапожки, заправленные в них элегантные брючки. Курточка такого же типа, блузка, расшитая бисером, не доходящая до пупка. Естественно, пирсинг на этом самом пупке, серебряные кольца-серёжки, мундштук, о котором я уже упоминал и маленькая, чисто символическая, дамская сумочка на цепочке. Что это? Просто одежда, аксессуары. Но как передать образ, витавший в воздухе? В котором сосредоточились все киношные дивы, все персонажи кино– и теле– грёз? Мечта, которую невозможно было даже желать, до того она была прекрасна. Я ничего не понимаю в макияже, но он был какой-то особенный, театрализованный. А как она двигалась, каким взглядом на всех смотрела!

Кстати, понять не могу, почему именно к нам она подошла с вопросом:

— Простите, не подскажите, что здесь происходит?

— Конкурс на предмет наличия литературных способностей.

— И что, может участвовать каждый, любой?

Каждый, любой, эк отмочила! Она-то любая! Голос у неё был нежный, с хрипотцой. У нас с отцом просто поджилки тряслись от него. А ещё от ласковой, с лукавинкой, усмешки.

— А что, может, и мне попробовать?

Этак задумчиво, но без всякого напряжения. Разумеется, пока мы стояли с разинутым ртом, её у нас перехватили. Через пару минут она уже стояла в первом десятке, окружённая толпой таких же, как мы буратин, причём там были не только парни, у женщин от неё крыша отъезжала с не меньшей скоростью.

Мы ещё раз переглянулись с отцом: кто, какой гад мог её «зарезать» из членов жюри? Неужели все вместе? Не может быть такого! Наверное, просто набрала пять карточек, посмеялась своему успеху и исчезла так же внезапно, как и появилась. Какое будущее могло ожидать такое неземное видение? Какой-нибудь сверхбогач, «новый русский», заточит её в неприступном тереме, сосредоточит всю на воспитании детей? Нет, такая женщина не могла принадлежать одному человеку, ей должен был поклоняться весь мир, как Марлен Дитрих, Мэрилин Монро, Софи Лорен.

– Тут ты был не прав, па, – с усмешкой

покачал головой я, — что она могла быть второй. Только первой. Ужастик ей и в подмётки не годится.

— Ничего, — бодро ответил мой па. — Зато теперь мы — вторые.

ЧАСТЬ ВТОРАЯ: ШОУ НАЧИНАЕТСЯ

ГЛАВА 1

Как кур в ощип.
Перья и перлы.
Беспредел-кино.
«Отдамся!»

Естественно, моя просьба о трёхмесячном отпуске на работе была без всякой видимости раздумья отклонена, просто перед тем, как подписать мне заявление на расчёт шеф чисто формально спросил: «Ты хорошо подумал?», а узнав, что лучше некуда, пожал плечами, подмахнул вручённую мной бумаженцию и тут же стёр меня в памяти, как совершенно ненужную информацию.

Что я мог сделать? Даже когда нам дали почитать наиграбительский договор, по которому жалования нам было положено 100 (!) евро в месяц (это при всём при том, что камера нас должна была наблюдать 24 часа в сутки, то есть, и во сне мы получается должны были работать на родную «кнопку»), я только идиотски ухмыльнулся, а отец – тот вообще ничего не заметил. Ещё по этому договору все права на продажу наших будущих произведений на три года принадлежали дирекции опять же нашей «пипочки», как отец её называл; она могла распоряжаться и нашими судьбами, привлекая нас на любые мероприятия, вот только там уже по другим, таким же, как и у всех прочих расценкам.

Я не пытался поговорить с отцом на эту тему, хотя сам сознавал, несмотря на свою молодость, насколько велика плата: нас могли потом сорвать с любой, вполне благополучной, работы, а затем вновь отбросить в сторону; мы не могли напрямую продать ничегошеньки из того, что нам потом удалось бы накропать, не согласовав этот вопрос с дирекцией. И так далее, и тому подобное.

Ма в такие тонкости не вникала, однако исключительно низкая зарплата и её проняла, хотя, что она могла сделать? Посетовала-посетовала и в конце концов смирилась:

— Но ведь вас там наверняка будут кормить, — рассудила она, — а я уж здесь одна как-нибудь перекантуюсь. Запасов на два месяца конечно не хватит, но, слава богу, меня-то с работы никто увольнять не собирается.

Главное, все молчали, даже пресловутый

«родительский комитет», состоявший из двух мамаш и одного папаши, так как среди нас были три малолетки. Всем хотелось участвовать. А судиться можно было потом сколько угодно, хоть до посинения.

«Сбылась «мечта идиота», мы уже не претенденты, а участники. Ещё очередной раз засветились в теленовостях. Я был весьма удивлён своим поведением: не говорил в микрофон, а просто что-то мычал и блеял. Хорошо, отец выручил. Но Ма всё равно на седьмом небе от счастья. Пообещала и дальше записывать на видео все сюжеты с нашим участием».

Я стал вести дневник, по-другому справиться с внезапно накрывшим нас с головой потоком информации было совершенно невозможно.

«Нас расселили в огромной студии, которую назвали Новое Переделкино, кто-то, уж не помню кто именно, тут же переиначил это название в Беспредел-кино. Как бы то ни было, звучал такой вариант не в пример лучше. А главное – гораздо больше соответствовал содержанию.

Ничего нового в сравнении с другими реалити-шоу. Две спальни: соответственно, мальчики и девочки раздельно. Кухня похлеще, чем в коммуналке с той лишь разницей, что ещё только предстоит закрепить места, установить очерёдность. Холодильники в ряд, битком набитые продуктами, причём у большей части упаковок заклеены названия фирм-производителей (как нам сказали, иначе пойдёт как реклама, а за рекламу надо платить). Общий зал, где установлены компьютеры и соответствующее оборудование. Тут же закуток для отдыха и уголочек для фитнеса. Словом обыкновенная общага только с гораздо большей скученностью.

И ещё: правила, правила, правила. Ну и конечно, у каждого свой характер: привычки, «фенечки», «стервозности». Динамик, который постоянно изрекал самые разные объявления. Персональные обращения на экранах дисплеев никогда не выключавшихся компьютеров. Невидимый программный диспетчер постоянно запрашивал нет ли у нас каких-нибудь замечаний, пожеланий, но на большую часть из них просто не реагировал».

Впрочем времени на то, чтобы расслабиться или даже просто сориентироваться нам никто давать не собирался. Сразу было поставлено задание: объединиться в команды, поодиночке выступать было нельзя. Кто останется за бортом, за борт и вылетит. Что-то вроде той игры, когда участники бегают вокруг стульев, а потом, по знаку ведущего должны занять один из них. На кого стула не хватило, соответственно из игры выбывает. Слава богу, мы уже были готовы к такому повороту событий и название для своего тандема давно придумали: «Отец и сын». Компьютер тотчас выдал нам ехидное: «Не слишком ли амбициозно?», но мы на полном серьёзе ответили: «Нисколько. Мы очень скромные. Наш девиз вообще: «Простенько и со вкусом». Так что теперь мы могли с иронией наблюдать за остальными. Но только наблюдать. Все переговоры шли через компьютер, это было словно немое кино. Группы то составлялись, то распадались. Кто-то с кем-то шептался, лишь Ужастик сидел особняком и читал какую-то книжку.

На правах «старого знакомого» я подошёл к нему и поинтересовался:

– Ну как, ты уже определился?

– А что мне определятся? – усмехнулся он, не упустив возможности лишний раз продемонстрировать свои великолепные клыки. – Я здесь один такой. Сам по себе.

– Но ведь сказали – если не войдёшь в команду, отчислят.

– Пусть отчисляют, – равнодушно пожал он плечами.

Я сразу понял, что команд уже две по меньшей мере. Кто Ужас-с-а отчислит? Он сам по себе явление, человек-шоу.

Чтобы было не так скучно ждать, Ужастик пригласил меня сыграть с ним в настольный футбол-кикер.

— А на что играем? — по привычке поинтересовался я.

— На что же ещё? — пожал тот плечами. — Конечно, на пинту крови. Ха-ха-ха!

Ничего себе перспективка! Непонятно только: своей или чужой (в смысле любой). Когда споришь, как я уже говорил, все вопросы надо утрясать досконально.

Через некоторое время мы с удивлением обнаружили, что за нами наблюдает весь зал. Зрелище было действительно впечатляющим. Жаль, что я тут был совершенно ни при чём — темпераменту этого человека можно было только позавидовать. Один плащ чего стоил! Развевался из стороны в сторону при каждом прыжке, как огромные чёрные крылья. Ну а главное — никто не мог понять, что нас связывает, почему мы объединились в одну команду. Хотя мы и не думали объединяться.

Ужастик прошёл первым. Во всяком случае, его первым позвали к стилисту. Точнее было, наверное, сказать: имиджмейкеру, но в данном случае речь ведь шла не о разработке образа, а лишь соответствия ему. Как бы то ни было, Ужастик давно сделался для меня образцом для подражания, уж больно уверенно он преподносил себя и был совершенно неподражаем по части изобретательности. Во всяком случае язык общий со стилистом он нашёл моментально. Тот дотошно просил объяснить ему смысл каждой детали его одеяния, на что Ужастик достаточно подробно отвечал, внимательно отмечая в записной книжке все замечания, которые ему делали.

Тут только до меня дошло, что мы с

отцом впустую теряем драгоценное время. Ясно, что мы вторые, но кого мы будем изображать, под кого «косить»?

Я огляделся в поисках моего Па: чем, интересно, он занимается? Вызов Ужастика как бы подстегнул происходившее вокруг нас «броуновское движение», претенденты задвигались гораздо быстрее. Хотя некоторые уже поддались панике и перебегали от одной группы к другой, буквально умоляя взять их в команду, не зная при этом ни смысла её, ни названия. Особенно меня поразили две девчонки: одна из них просто сидела, тупо уставившись глазами в пол и ни на кого не обращая внимания. Сдалась, как я понял. Вторая, наоборот, нарисовала на картоне надпись и держала её перед собой, подпирая стену. «Отдамся!» Никого почему-то этот её призыв не воодушевлял. Ну и где же был мой Па? Сидел и тоже рисовал какое-то объявление. Затем показал его той девчонке: «Отдаться мало!» Илья Ильф».

Нет, я конечно понял правильно, что он хотел сказать. «Ты теряешь время. Это не выход. Придумай что-нибудь ещё! Быстрее!» Но я был не в счёт, ответом Па был такой, полный ненависти взгляд, что я ожидал найти на его месте пепел. Что бы мне осталось потом? Таскать как Тилю Уленшпигелю мешочек с этим пеплом на шее, периодически ударяя себя в грудь: «Пепел Клааса (Па) бьётся в моём сердце!»

«Господи, ну зачем, к чему наживать себе врагов? Здесь у нас и так не было ни одного друга, только конкуренты».

Как раз в это время вызвали нас. Мы естественно оказались неподготовленными. Приятно было конечно сознавать, что мы прошли пусть не первыми, вторыми, но Ужастик уже отправился дальше по кругу, а Стилист (совершенно не помню его имени, но ясно, что не Юдашкин и не Зверев, так зачем же запоминать?) был настроен очень жёстко после того, как первый претендент столь легко выскользнул из его рук, и поблажек нам никаких делать не собирался.

— Итак, вас двое и вы назвали себя Отец и сын? — уточнил он.

Дальше должно было последовать: «Не слишком ли амбициозно?» или: «Не слишком ли претенциозно?», но Па счёл своим долгом исключить этот, уже порядком надоевший нам вариант, в зародыше.

— Это не мы придумали, так нас назвали журналисты, публика, которую они на улицах опрашивали. Было бы глупо разбивать столь хрупкий, но всё-таки контакт.

Стилист был хоть и не Зверев и не Юдашкин, но точно не дурак.

— Ага! — кивнул он многозначительно. — Вот так значит?

— Ага! — в тон ему кивнул Па. — Значит так.

— И что же мы будем изображать с вами? «Божественную комедию» Данте? «Забавную библию» Лео Таксиля? Или какой-нибудь доморощенный вариант: архаичного Бога-отца и навороченного, современнейшего Бога-сына? Не поймут!

— Точно, не поймут! — поспешил со вздохом согласиться Па.

Они с минуту многозначительно смотрели друг на друга, как бы в патовой ситуации. Я совсем был выключен из разговора, ну и поделом мне, нечего было так долго вертеться вокруг Ужастика.

— А если взять Александра Дюма? —

высказал я вслух то, что имел в виду мой Па.

– И его сына? – завершил тот мою мысль.

Стилист перевёл взгляд на меня, словно увидел впервые, хотя в данном случае он смотрел сквозь меня, обдумывая предложенный вариант нашего образа.

– Да, – крякнул он наконец, – губа у вас точно не дура.

– Ну, всё-таки лучше, чем вы о нас первоначально подумали, я имею в виду «Божественную комедию», – ехидно отозвался Па. – Тем более что на самом деле мы ещё гораздо скромнее.

– Нам нравится юмор, – поспешил расшифровать я его высказывание.

– А лучшие в мире юмористы – Ильф и Петров, – закончил свою мысль Па. – Вы так не считаете?

– Да, – вздохнул Стилист, изо всех сил пытаясь «въехать» в нашу концепцию, – но ведь, насколько мне известно, Ильф и Петров даже братьями не были.

– Но они просто кумиры для нас, тут нет никаких аналогий, мы сами по себе.

Стилист совершенно опупел от наших рассуждений, в конце концов, терпение его иссякло.

– Так, ну и что же вы от меня хотите?

Тут Па решил отдать инициативу в мои руки и многозначительно кашлянул, как бы приглашая меня торжественно огласить наши на редкость удачные домашние заготовки. Которых само собой и в помине не было. Я закрутился ужом.

– Думаю, нам подошёл бы стиль ретро. Скажем, начало 30-ых годов прошлого века. Я не знаю, были ли тогда в моде клетчатые костюмы и такого же фасона кепочки, но, считаю, мы неплохо смотрелись бы в подобном наряде. Ещё бриджи, либо брюки со специальными пинцетами, чтобы можно было ездить на велосипеде. Впрочем машина тоже подошла бы.

– На сцене? Велосипеды? Или того хлеще – какой-нибудь старенький «хорх»?

– Нет-нет, совершенно не обязательно, – торопливо перебил его Па. – Просто стиль такой.

Имиджмейкер, постоянно чертивший что-то на бумаге, предъявил нам рисунок. Мы просто ахнули, это было как раз то, что нам было необходимо.

– Ладно, – усмехнулся он снисходительно, – я вам потом ещё что-нибудь придумаю. Не ходить же вам в одном и том же прикиде все два месяца.

Дальше наш путь пролегал к директору: Римме Аракеловне. Мне было страшно интересно узнать, как там поживают наши конкуренты, но за те четверть часа, что мы провели со стилистом, в общем зале мало что изменилось: «броуновское движение» ещё сильней закрутилось. Девчонка, совсем недавно в ступоре сидевшая на полу, переместилась к ближайшему свободному дисплею и что-то ожесточённо пыталась доказать компьютеру; «Отдамся!» полностью вошла в свою роль, строила всем глазки, демонстрировала фигуру, то и дело поправляла причёску, помахивала сумочкой, даже нам улыбнулась.

Римма Аракеловна взглянула на нас немного устало. Покопалась в компьютерной распечатке, долго вглядывалась в рисунок, который нам сделал стилист.

— Что ж, в принципе всё у вас неплохо, ребята. Нужно срочно составлять профайл. Знаете, что это такое?

Нет, к стыду своему, мы не знали, что

такое профайл, знали только слово «профан»: мы уже поняли, что все наши преимущества давно закончились, и мы вступили на совершенно незнакомую территорию. Зато фора появлялась теперь у других. Наверняка многие из наших конкурентов разбирались гораздо больше нас во всякого рода шоу-тонкостях.

— Ну, это ролик-представление о вас. Чтобы зрителям разобраться. У вас есть какие-нибудь мысли на сей счёт?

— Эх, если бы это было раньше, я сказал бы – Одесса, – тихо прошептал я. – Столица советского юмора. А сейчас…

— ..даже Юрмала и та сдулась, – охотно поддакнула Римма Аракеловна. – Кстати, почему бы вам не отправиться с нашей съёмочной группой в Сочи и не посмотреть, как наш знаменитый город-курорт освоился с принятием эстафеты от прежних, оказавшихся не слишком радушными хозяев-устроителей «Новой волны», рассказать о других, не менее популярных российских конкурсах? Так, небольшое путешествие в составе теледесанта, всё остальное в процессе. Кстати, сможете сами что-нибудь сочинить и исполнить?

– Запросто, – хором ответили мы.

Кошебянц на секунду задумалась, затем улыбнулась.

– Ладно, ребята, идея богатая, да и подфартило вам с её воплощением. Я обо всём договорюсь, считайте, что поездка у вас в кармане, собирайте чемоданы.

Мы были на седьмом небе от счастья, но ещё не знали тогда, что Ужастик на шаг уже опередил нас. А дальше у него…

ГЛАВА 2

Первый тур.

«В кустах сверкали брильянты».

«Интимная стрижка».

«Поднимите мне веки!»

Триумф Ужастика.

Мы сидели на скамье участников и боялись смотреть в зал.

– Ну как ты? – тихо спросил Па, хотя мог бы и не спрашивать.

– Могу употребить только непечатные выражения. Что-нибудь из армейского лексикона.

– Не надо, – поспешил предупредить в зародыше мои излияния отец, хотя знал конечно, что я так, больше для красного словца выразился.

Собственно, вчера мы уже были втоптаны в грязь — на генеральной репетиции, прогоне первого тура. Профессионалы называют его — тракт. Однако сегодняшний антураж вообще не давал нам подняться. Думаю, такое настроение было не у нас одних, но все старательно делали вид, что ничего экстраординарного не произошло.

Публика. Мощный фактор, которого вчера не было, и который мы определённо недооценили. Мы ожидали, что придут «попки», которых обычно всегда для подобных мероприятий набирают, но сюда люди сами прорывались. Чтобы поболеть за своих любимчиков, насладиться воочию великолепным зрелищем, оторваться по полной программе. Они преодолевали все препятствия.

Откуда? У нас не было «обратной связи».

К примеру, мы не знали тогда, что передачи-вставки о нас ежедневно идут по телевидению. Конечно, не в «прайм-тайме», но достаточно, чтобы собрать аудиторию потенциальных фанатов. Нам разрешалось раз в день общаться по полчаса с родными и близкими, но разговоры тщательно прослушивались, и как только возникала какая-нибудь из запрещённых тем, связь тут же прерывалась и потом долго приходилось объясняться с дирекцией, чтобы её возобновить. Запрещалось столько, что и не перечислить: в первую очередь подсказки, ещё – любые упоминания о рейтингах, освещении конкурса по «ящику», в прессе, какие-то личные оценки наших «достижений». Даже иносказательный, «эзоповский» язык здесь не проходил. Невидимый цензор был постоянно начеку.

Однако у некоторых такая связь была. И

даже нечто куда более ценное – поддержка. Причём на самых разных уровнях. Уже вернувшись из Сочи, мы обратили внимание, насколько все обособлены, замкнуты в своих группах, хотя внешне шёл вполне удобоваримый спектакль самого что ни на есть заурядного реалити-шоу со всеми его атрибутами: подначками, стычками, демонстрацией каких-то негативных черт характера, влюблённостями, откровенными разговорами с матерком и молодёжным сленгом. Но только игра, информации, даже в виде сплетен, уже не было и в помине.

Приходилось напрягать память и тщательно просеивать те слухи, которые переходили из уст в уста нескончаемой чередой во время отборочных туров и в первые день-два после заселения. Как только началось формирование команд, всё тотчас прекратилось. Например, праправнучка известного артиста, которому повезло сняться в фильме, на который в своё время устраивались культпоходы целыми трудовыми коллективами. Дети каких-то сановных чиновников, отпрыски «новых русских». Наверное, не только мы одни были «с улицы», но нас таких определённо здесь было ничтожное меньшинство.

Сочи нам здорово «подкузьмил», эти три дня (включая день отлёта, день прилёта) отбросили нас далеко назад. Да и к чему вообще были такие жертвы? Вчера, когда нас представляли пока ещё несуществующей публике, из всего отснятого материала вошло в прогон не больше десятка кадров. А вот соперники наши время даром не теряли. Тем более что по нашему сценарию первым туром шёл конкурс на лучшую рекламу, тут мы и расслабились: что толку готовиться, если мы не знаем, что будем рекламировать, ну а если антирекламу разрешат, то тут сориентироваться очень быстро можно. Однако дали то, что шло у нас вторым: сценарий на лучший клип. Опять же, к чему? Ну знать бы точно, мы бы всё равно что-нибудь придумали. Могли ведь позвонить нам по телефону, предупредить. Но, как я уже сказал, в число VIP – привилегированных персон мы тут определённо не входили. А лишнюю подлянку-подножку сделать, такой возможности никто не упустит. Что называется, «помоги себе сам».

У нас не было ни желания, ни времени заниматься тем, чтобы узнать, какие команды сформировались, кто в них участвует. Надо было срочно выкручиваться из практически безнадёжной ситуации. Тем более что в Сочи мы неплохо «оттянулись», расслабились, у нас там даже поклонники появились. А здесь на нас словно вылили ушат холодной воды. Хорошо, хоть не грязи.

Мы были настолько наивны, что не сомневались: нам дадут что-нибудь свёрстанное, хотя бы заготовку, и были страшно разочарованы, когда нас спросили: «Ребята, вы уже готовы показать свои наработки?». «Да, конечно», – кивнул мой отец. Я был в шоке. Что называется, «в кустах сверкали брильянты» (опять цитата, из того же источника). Может, там он «наработки» свои и нашёл? Но самый главный прокол – я не смог скрыть своё изумление перед устроителями. Конечно, мы постоянно с отцом друг над другом подшучивали, это давно уже стало нормой нашего с ним общения, да и со стороны Ма я порой будь здоров какие «примочки» получал, но здесь был слишком серьёзный вопрос, буквально жизни и смерти, чтобы со мной не посоветоваться. Впрочем потом я понял, что если бы мы моментально не сориентировались тогда, нам тут же предложили бы что-нибудь и в самом деле готовенькое, но совершенно неудобоваримое. Мы были пришлыми, чужаками, и никто бы не упустил возможности нас утопить. А Альхен, он должен был прийти на помощь, как я понял, только в самом крайнем варианте, как «Бог из машины» (Deus ex machina) в античных трагедиях.

Отец очень коротко изложил свою идею: старая-престарая чешская песенка про бабушку, знававшую времена чарльстона и внучку, умоляющую её этому танцу научить, потому что он снова неожиданно вошёл в моду. Её исполняла в своё время знаменитая певица, которая недавно снова начала мелькать по «ящику», несмотря на преклонный возраст. Разумеется, стиль ретро и прочее, прочее.

– Чарльстон? – поднял вверх брови Стилист. – А почему не «шимми»?

На наше счастье при этом разговоре присутствовал главный продюсер проекта – один из знаменитых «гардемаринов», в последнее время удачно пожинавший лавры русского Люка Бессона.

– Пойдёт, – коротко сказал он.

Но Па не был бы Па, если бы остановился на достигнутом. Мы дождались «люка-гардемарина» в коридоре и отец задал мучивший его вопрос:

– Простите, вы так хорошо отнеслись к нам на собеседовании, не могли бы вы ещё, в продолжение своей душевной щедрости сориентировать нас, кто будет исполнять сей немного запылившийся шлягер: его традиционная исполнительница или, быть может, мы будем иметь удовольствие лицезреть ремейк с представительницей молодого поколения?

Продюсер намёк уловил сразу: тот, кто владеет информацией – вот истинный бог. Даже если он не «из машины». Мы давали «богу» далеко не лишнюю возможность посодействовать какой-нибудь из его бесчисленных протеже.

– Трудно ответить сразу на такой сложный вопрос. Надо посоветоваться, всё обдумать. Но мне лично больше по душе второй вариант.

Я оставил на потом выяснение отношений с отцом за его поступок. Времени было в обрез, дорога была каждая секунда. Мы начали сосредоточенно вникать в ситуацию.

Впрочем работа шла как по маслу. Мы в

своих клетчатых костюмчиках, в которых, кстати, великолепно засветились в городе-курорте, на машине времени возвращаемся откуда-то домой, но по ошибке попадаем в современность. Я (сын) пеняю отцу (па) на то, что он опять промахнулся, но вскоре оказываюсь совершенно очарованным открывшейся нам панорамой. Мы «ходим-шагаем» по Москве, забредаем в какой-то ночной клуб, хорошо проводим там время, с завистью наблюдая за посетителями, отрывающимися на танцполе. Певичка, проходя мимо, интересуется, почему мы не принимаем участие в общем веселье? Узнав, что мы из другого времени и не знаем современных танцев, она спрашивает, а что же мы умеем? Мы отвечаем: «Ну, например, чарльстон!» Она пожимает плечами: нет проблем, сейчас изобразим. Однако музыканты лишь недоумённо качают головами в ответ на её просьбу. В конце концов, находится один, который говорит: «Я знаю!» Он подзывает нас и начинает наигрывать мелодию песенки «Бабушка, научи меня танцевать чарльстон!» Мы в растерянности: такую песенку мы вроде как первый раз слышим, однако ритм вполне подходящий. Музыкант быстренько расписывает ноты своим товарищам, текст певичке. И тут она как бы с экрана сходит на сцену и начинает петь. Мы соответственно от души отрываемся в подтанцовке. В финале снова летим на машине времени и вновь забредаем не туда: в какой-то совсем уж безбашенный вариант. Но ничего, ухмыляемся мы, они здесь много чего знают и умеют, но вот про чарльстон наверняка даже и не слыхивали.

Я не скажу, что мы были лучшими, однако и вчерашний прогон, и сегодняшнее выступление были вполне на уровне, наш сочинский профайл удивительно гармонично сочетался с придуманным нами клипом (как хорошо, что я не стал сразу пенять отцу за его «самодеятельность»! – он в который раз оказался прав), так что вылететь, по крайней мере сегодня, уже в первом туре, мы никак не должны были. Тем более что с нами был инструментальный квинтет из Праги, музыканты от Бога, особенно контрабасист. Ещё: один куплет шёл на чешском языке, который тамошний гитарист исполнял в унисон с нашей певичкой. А певичка была что надо, хоть и из молодых, победительница какого-то из расплодившихся в неимоверном количестве в последнее время музыкальных конкурсов.

Петь мы с отцом совершенно не умели, даже в бэк-вокале, это очень быстро выяснилось, но вот танцевать были обязаны, хоть умри. Иначе, с какой стати вообще весь этот наш номер? Мы тренировались всё свободное время, даже небольшое место с чечёткой и то выучили, и думали сейчас только об одном: если воспользоваться языком музыкантов – как бы не облажаться.

За нами выступали «Кошки». Я в них ещё по приезде без труда узнал ту девчонку, которая сидела на полу, обхватив голову руками, а потом что-то пыталась доказать компьютеру, ну и разумеется «Отдамся!» Видимо, они всё-таки решили объединиться, чтобы успеть вскочить в уходящий поезд. Одна кошка была чёрная – лощёная, породистая, другая – серая, причём больше даже не в смысле цвета, а просто бродячая, помоечная, она не играла самостоятельной роли, а была как бы тенью той главной, чёрной кошки, но никак не хотела мириться с навязанным ей положением, постоянно стремилась выделиться, во всём свою соперницу превзойти. Чёрной кошкой, как ни странно, была «Отдамся!» Видимо, она последовала совету моего отца, и идея исходила от неё. Естественно, клип был на тему знаменитого мюзикла Эндрю Ллойда Уэббера и устроители пригласили для антуража балетную группу «Модус». Клип, на наш взгляд был так себе, но вот пели и танцевали наши «киски» на очень высоком уровне. Зрителей, во всяком случае, проняло. Я нисколько не сомневался, что поклонников у этих двух девиц после их столь удачного дебюта изрядно прибавится. Не думаю, что у них до этого был очень хороший рейтинг: в общении, как между собой, так и с другими участниками, они были совершенно невыносимы: таких амбициозных и в то же время занудных «королев Шантеклера» я вообще ещё не встречал.

Да, действительно мы вернулись как будто в совершенно другой мир. Одно слово, которого не было вначале, но которое звучало теперь постоянно, хотя и произносилось с опаской-оглядкой, либо вообще шёпотом: «жесть». Полагаю, что оно как нельзя лучше характеризовало суть произошедших перемен. Времена, когда с нами сюсюкались, остались в далёком прошлом, борьба обещала быть предельно жёсткой и бескомпромиссной. К примеру, нам обещали, что первый тур будет пристрелочным, никто после него с проекта не вылетит, но уже под конец вчерашнего тракта озвучили названия команд-кандидатов: вы, вы и вы.

«Никто больше с нами не пестался, не

гладил по головке, даже больше того – нас просто бросили как слепых котят в воду, не спрашивая, умеем или не умеем мы плавать. Выплывете – хорошо, нет – ваша вина. Наши предложения выслушивались, затем где-то обсуждались, калькулировались, потом по ним принимались решения, и если они были отрицательными, потерянного времени уже было не наверстать. При всём при том это сопровождалось на редкость благожелательным, даже сердечным отношением. Улыбочки, шуточки. Семинары, занятия, дополнительные занятия, если вам казалось, что не мешало бы в чём-то подтянуться. При работе с режиссёром полная самостоятельность: вы могли прислушиваться к его советам, пожеланиям, а могли и наплевать на них, оставить всё так, как вам хотелось. Однако последнее слово всё равно было за продюсерами: они могли, что угодно вырезать, заставить переснять, доснять.

Особенно нас всех поразило то, как поступили с Ужастиком. Ему пообещали, что он будет не только сценаристом клипа, но даже и примет участие в выступлении знаменитой группы «Монстры», когда-то победившей на международном музыкальном конкурсе и с тех пор прочно утвердившейся в памяти любителей тяжёлого рока как в нашей стране, так и далеко за её пределами. Однако кукиш – ничего подобного на тракте не было. Переговоры по каким-то непонятным причинам затянулись, а потом и вовсе сошли на нет: то ли по части гонорара нескладуха вышла, то ли сработало, как в столь памятные «застойно-отстойные» времена, телефонное право: «Ребята, вы там что, с ума все посходили? Что за бред вы пропагандируете? Подумайте о детях, молодом поколении». Как бы то ни было, Ужастик на тракте так ни разу и не оторвал зад от скамейки запасных, да и сегодня весь день его с нами не было, хотя и в кандидаты на вылет (у нас это втихую называлось: «интимная стрижка», а официально – «Отстали от стаи») он каким-то образом не попал. Сейчас он сидел вместе с нами, только чуть поодаль от других, непривычно серьёзный, сосредоточенный.

Ещё мне запомнилось вступительное слово ведущих, почти целиком списанное с того предисловия, которое написал к проекту отец. И о незавидной роли сценариста в кино, на телевидении, и даже писателя в литературе, где сплошь и рядом настоящий автор скрывается за безликим псевдонимом. Так было всегда, но сейчас *привилось особенно, лишь немногим удаётся через эту безликость прорваться. Жаль, конечно, но у нас, мол, всё как в жизни, не будем и мы нарушать эту печальную, но всё же традицию. Лишь в самом конце конкурса будут объявлены имена и фамилии победителей, пока же все конкурсанты будут скрываться за названиями команд, в которых участвуют. Впрочем, кое-какое послабление всё-таки будет сделано: некоторые, самые активные, участники, удостоятся чести выступать под никами, которые им дадут либо их товарищи по команде, либо противники (тут уж, какой из них окажется удачнее)».*

Что было дальше? Дальше вообще всё вышло из-под контроля. Теперь, когда мы «отстрелялись» и постепенно, медленно приходили в себя после своего выступления, мы уже могли объективно оценивать происходящее. А в воздухе пахло не просто скандалом – полным провалом. Это нас ошеломило. Никому: ни нам, ни тем, кто выступал до и после нас, так и не удалось раскачать публику. Сначала многое держалось на энтузиазме: бодрости двух прекрасно подобранных ведущих (звезде телесериалов и не менее популярном ви-джее с МУЗ ТВ); великолепных спецэффектах – к примеру, действие на экране шло то само по себе, но неожиданно полностью сливалось с происходящим на сцене; а чего стоили костюмы, реквизит, группы, занятые в подтанцовке! Вот именно: чего стоили. Ясно было, что денег в наш проект было закачано немерено, а вот отдача... я уже только что об этом говорил. Конечно, группы поддержки старались вовсю со своими красочными плакатами и воинственной боевой раскраской, но всё больше сникали. Клакеры уже отбили свои ладоши и порой не могли сдержать откровенные зевки. Нам с отцом хотелось раствориться, исчезнуть, на худой случай хотя бы спрятаться, залезть под скамейку. Что было конечно глупо – никому бы и в голову не пришло именно нас во всех грехах обвинять.

Постепенно все: ведущие, зрители, жюри, устроители, всё чаще стали посматривать на Ужастика. Дело было разумеется не в нём самом: просто слухи о том, что ожидается выступление «Монстров», что называется «поставили на уши» всю Москву. Как мы теперь понимали, многие только за этим сюда и явились. Мы с отцом молча переглянулись. Можно было без труда представить себе, какой скандал вот-вот должен был разразиться. Что за дурак, интересно, разрешил сегодня прямой эфир? Понадеялись, что большинство участников будут петь под «фанеру», а вот такую ситуацию, не хотите ли?

Вообще, надо отметить, что Ужастик даром время не терял во время нашей подготовки в Беспредел-кино. Ничто в его наряде больше не напоминало ни тот американский фильм, о котором я в своё время упоминал, ни тем более тинейджера-героя из него. Созданный им с помощью Стилиста образ был поистине уникален, да и все манеры, движения, ужимки нашего Кровососа были отточены до блеска, филигранны. Любые обвинения в плагиате, просто подражании даже, были устранены в зародыше. Однако что с того? Он же первый и попадёт под раздачу. Свист, насмешки прежде всего ему достанутся, а не тем, кто, потратив кучу денег превратил теперь их буквально в труху своим нелепым скупердяйством.

Впрочем… тут мы с отцом, на этот раз с радостными улыбками, даже скорее – ухмылками, снова переглянулись. Будут, будут «Монстры», их просто не может не быть. И это будет такой сенсацией! Как мы могли усомниться в подобном исходе?

«Я не завидовал ни «Школе магии», ни какой-либо из других команд: как бы они ни изощрялись, как бы не лезли из кожи вон, все их усилия были бесполезны. Такой остроты ожидания им было не преодолеть.

Видели это и устроители конкурса, в такой ситуации было наплевать и на телефонные права и на любые амбиции, нужно было обращать поражение в победу, и такая возможность ещё пока слабо теплилась. Сценарий тут же был скорректирован, бледные как смерть ведущие то появлялись, то исчезали из поля зрения. Хотя конечно из зала ничего подобного заподозрить было невозможно. Всё было чинно, благолепно.

Ужастика не стали представлять, как другие команды. Просто внезапно воцарился полумрак, который разорвала тяжелая громкая музыка. Одно и то же (так называемые квадраты, из сленга музыкантов: «играть по квадрату», просто бум-бум, бум-бум, бум-бум, бум-бум, и так далее). Затем стало вдруг чуть светлее, и зал ахнул от изумления. Хотя никто не ушёл, даже не двинулся с места. Кто такие «Монстры»? Просто миф, неожиданно возникшее любопытство. А тут «Совьет Юньен», легендарный «Совьет Юньен», вершина российского «металла», ребята, которых никогда на центральные каналы до сих пор не пускали из-за их вызывающих нарядов, хулиганского поведения на сцене и репертуара, на добрую треть замешанного на ненормативной лексике. Только четыре аккорда, всего четыре аккорда, но уже через минуту весь зал действительно «стоял на ушах». Лишь потом внимание зрителей переключилось на танцевальную группу, которая отрывалась по полной программе в самых экзотических нарядах. В конце концов, на сцену высыпали мы все, конкурсанты – и какую только нечисть не изображали, какие только па не вытворяли. Но такое не могло продолжаться вечно, настал момент, когда ожидание достигло предела, всё вдруг смолкло и на сцену вывезли актёра в гриме гоголевского Вия из одноимённого фильма. И эта знаменитая фраза, знакомая каждому россиянину, произнесённая замогильным (подземным) голосом: «Поднимите мне веки: не вижу!» А как только веки были подняты, железный перст указующий вонзился в глубину сцены. «Вот он!», закричали все на сцене и в зале от мала до велика.

Ну мы естественно в едином порыве бросились на Ужастика, неожиданно высвеченного прожектором. Однако он как бы разбросал нас всех в стороны несколькими движениями рук, и прошествовал медленно, торжественно, к авансцене.

Вот тут как раз и возник профайл на экране. Ужастик на улице, в окружении своих поклонников, он же (нарезкой) в репортажах из Беспредел-кино. Он же в Румынии, в Замке Дракулы. В Сигишоаре, родном городе Влада Цепеша («Колосажателя»).

И вдруг песня. Ужастик запел!! Не

скажу, чтобы у него был какой-то особенный, чарующий голос, однако тем не менее он хорошо гармонировал и с мелодией, и с текстом его «произведения». Что там было? Да ничего особенного, самая что ни на есть заурядная песенка о любви. Но любви вампира к молоденькой невинной девушке. Когда та вдруг появилась, босая, с распущенными волосами, в каком-то балахоне, зал ахнул от восхищения. Наверное, она одна только не слышала обращённых к ней слов.

Как по волшебству в зале вдруг возникли фанаты Ужас-с-са. И их оказалось немало. А уж как они были разодеты да размалёваны, как вызывающе вели себя, это надо было видеть.

Снова тонкий хрипловатый голос, снова грубые тяжелые «квадраты». Несколько раз Ужастик поворачивался спиной к залу и видно было нарисованного у него на спине симпатичного молоденького паренька, простоватого, улыбающегося, совершенно обалдевшего от своей любви. Зал не выдержал: танцевал, подпевал, бесновался. Все очки были отыграны, все!

Наконец, номер был завершён и Ужастик, «идя на коду» в песне, грустно стал удаляться в глубину сцены. Девушка, лишь недавно заметившая его и внимательно слушавшая, после некоторого колебания повернулась и, крадучись поплелась за ним, чтобы по мере сил и возможностей срочно ответить, и словом, и делом на его чувства.

И тут зал буквально взорвался от хохота. Мы сначала не поняли, почему, потому что с того места, где мы работали на подтанцовке, ничего не было видно. И лишь когда девушка поравнялась с нами, всё стало ясно: на спине у неё была нарисована такая отвязная вампиресса, с такими клычищами, куда Ужастику было до неё!

«Ужас-с-с! Ужас-с-с! Осторожнее, Ужас-с-с!», – завопили из зала.

Ужастик обернулся, и нос к носу столкнулся с «девушкой своей любви». В такой позе он и замер.

Ничего подобного в смысле криков, свиста, аплодисментов я никогда ещё не слышал! Это был полный триумф!

Ну а дальше вообще началось невообразимое: публика повскакала с мест и, без труда сломив охрану, рванулась на сцену: кто с цветами, кто с любимыми игрушками-сувенирами, ну а большинство – для того, чтобы хоть несколько секунд побыть рядом с любимыми артистами, а если удастся, то и автографом разжиться. Поскольку к Ужастику и знаменитым рокерам пробиться очень скоро стало невозможно: выстроились огромные очереди, автографы стали брать у всех участников подряд, в том числе и у нас с отцом.

С большим трудом дирекции и ведущим удалось навести порядок на сцене и довести представление до конца. Кандидатов на вылет было трое. О «Кошках» я уже рассказывал. Ещё были пять девчонок, назвавшиеся «Кровные сёстры» и обыгрывавшие столь модную криминальную тему. Их клип на песенку «Трефовая любовь», слова к которой они написали сами, а композитора им дирекция нашла, сплошь состоял из драк, погонь, выстрелов. Надо сказать, что девчонки проявили ещё и недюжинный артистизм, они так классно дрались, почти как Клаудия Кардинале и Бриджит Бардо в фильме «Нефтедобытчицы», ими по всей вероятности и вдохновлялись. «Рассеяне» очень удачно, на мой взгляд, осовременили всем известное стихотворение Корнея Чуковского о Рассеянном с улицы Бассейной. «Вместо шапки на ходу он надел сковороду» и т. д. Клип был на песню в исполнении Сюткина о модном парне, который обожает твист и рок-н-рол. Надо признать, что ребята отработали на самом высоком уровне, чего они только не вытворяли! Просто ситуация была такая, что их не в состоянии были оценить по достоинству. Правда, теперь телезрители исправили свою ошибку и проголосовали за Корнея Чуковского отменно.

Зал затаил дыхание. Кто же теперь должен вылететь: «Кровные сёстры» или «Кошки»? Мы с отцом даже спорить не стали: против такой выигрышной темы, как криминал, не попрёшь. Однако впервые за последнее время мы оказались не правы. «Кошки!», «Кошки!», «Кошки!» Жюри проголосовало за «Кошек». Вот уж сюрприз так сюрприз!»

«Любовь будоражит кровь». Сидя в своём бункере, мы и не подозревали о том, какой успех там, «на воле», имел хит Ужастика. Газеты писали даже, что на основе этой песенки мог бы получиться прекрасный мюзикл, жаль, что таковые в России не прижились – слишком дорогое в постановке мероприятие.

Ходили слухи, что «Монстры» просили разрешения включить эту песенку в свой репертуар («утка», конечно, «утка»!), и даже о том, что «чудища» заморские приглашали Ужастика в свою группу (в принципе, тоже «утка», но откуда мне точно знать? Разумеется, можно было бы уточнить у самого Ужас-с-са, но, опять же, если бы знать).

Во всяком случае, в рекламе нашему другу довелось поучаствовать порядочно. Потом, просматривая записи, я хохотал до упаду, слушая, как он терпеливо разъяснял детворе, что вампиры бывают разные, есть много таких, которые пьют кровь только у злых людей, а добрых, простых людей не трогают. И прочую белиберду.

Несколько раз на экране появлялась его напарница. К примеру, она рассказывала, как её нашли для этой роли. Шла, мол, по улице, хе-хе, не босиком, конечно, в туфлях, и вдруг меня спрашивают: «Девушка, вы вампиров не боитесь?» Отвечаю: «Нет, нисколечко, каждое утро на завтрак съедаю по парочке, хотя не очень люблю – уж больно костистые».

Ну и всякий другой трёп в подобном же

роде. В моду вошли накладные клыки у детворы, вампирские поцелуи (не в губы, а в шею!) у подростков. Всего не перескажешь. Потом этот сюжет стали потихоньку затирать. Хотя песенка, к примеру, никакого отношения к каким-либо кровососам не имела, просто она была так обыграна, а уж сцена из «Вия» и вообще исключала многие вопросы: как-никак классика, причём отечественная.

ГЛАВА 3

Самый низкий рейтинг.
«Читай по губам!»
Влад Самописец.
«Фильтруй базар!»

— Почему мы так поступили? Хотите знать? — с большой долей злости, что для него было нехарактерно с его-то постоянным юморком и отменной выдержанностью, спросил Олег Валяев, один из двух продюсеров проекта.

По нашему варианту сценария главную роль на шоу должен был играть директор, но получилось не совсем так, как мы задумывали. Директор был не более чем распорядителем, основные решения выносили именно продюсеры. Один из них,

Олег Валяев, был царём и богом самого крупного в Москве, а значит и в России, книгоиздательства, не буду говорить какого именно (правило, усвоенное ещё с проекта – реклама в любой, даже самой скрытой, завуалированной форме не поощряется); другой – Люк-Гардемарин, о котором я уже упоминал.

Да, почему? Не только мы, номинанты («бараны» и «баранессы»), все уставились в оба глаза на двух «усатиков-полосатиков», как мы их втихомолку, между собой, называли.

Обычно «усатики» редко что-либо нам объясняли. Информация просачивалась потом либо через директора, либо через других устроителей конкурса. В этот раз, как говорят в подобных случаях – где-то кто-то сдох: «боги» спустились с небес, снизошли до нас.

— Мы решили действовать по контрасту: самый низкий рейтинг, — тут Валяев небрежно кивнул в нашу с отцом сторону, — и самый высокий, — естественно, поклон в сторону Ужастика. — И это сочетание мы подкрепляем одной из самых удачных групп на нашем проекте: Школой магии. Есть вопросы?

Разумеется, никаких вопросов ни у кого не было. Дальше последовал «разбор полётов». Нас с отцом склоняли при каждом удобном случае, приводя в пример, как нельзя работать, Ужастика хвалили, наоборот, всякий раз, когда удавалось нас боднуть. В остальном суждения были вполне конструктивными: каждого немного приободрили, и в то же время многим досталось «на орехи».

Для нас с Па ничего больше не существовало с тех пор, как прозвучали эти злополучные слова о номинации и самом низком рейтинге. Это было как гром среди ясного неба. «Голубой воришка», неужели он нас подвёл? Почему? За что?

Естественно, первым делом мы подкатили к Римме Аракеловне. Она ожидала нашего визита.

– Ребята, не обижайтесь, решение самое что ни на есть объективное. Вы осознанно несовременны, у вас практически нет своей аудитории. А уж молодёжи – основному контингенту наших зрителей – вы вообще поперёк горла. Поймите правильно: юмор сейчас не в чести. Это несколько лет назад люди смеялись всему, хоть просто палец покажи. Сейчас мы вынуждены снимать с телеэфира одну за другой большинство наших самых удачных, ещё в недалеком прошлом, юмористических передач. Известнейшие юмористы, популярность которых совсем недавно зашкаливала под небеса, сейчас подумывают, а не переквалифицироваться ли им в управдомы (ну приблизительно, как ваш любимый «товарищ О. Бендер»). Стиль «ретро» тоже отжил своё, если и осталась ещё какая-то ностальгия в массах, то только по временам социализма. Да и это скоро себя исчерпает. Подумайте, придумайте что-нибудь, вы ведь неглупые ребята. Только помните – времени у вас в обрез.

После такого исчерпывающего ответа бесполезно было куда-то идти, даже к Стилисту.

Мы долго молчали, забившись в угол.

– Ну что, первая подсказка? – спросил наконец отец.

У нас был уговор с Альхеном, что трижды, в самых крайних случаях, мы могли попросить у него помощи либо совета. Не было никакого сомнения, что сейчас как раз подоспел такой случай.

– А что делать? – удручённо кивнул я и нащупал в кармане утаённый от всех и вся старенький мобильник. Затем сделал всего только пять, часами нарабатывавшихся ещё до заселения в Беспредел-кино движений: кнопка включения, вызов меню, в котором имя Альхена не просто красовалось на первом месте под псевдонимом Алина, но вообще было единственным, потом кнопка вызова, который я почти сразу же и отменил. Достаточно для того, чтобы там, на другом конце связи, поняли. Ну и конечно снова привести в состояние полного безмолвия мобильник. Теперь оставалось только ждать, когда Альхен найдёт удобный предлог для того, чтобы нас к себе вызвать.

Вызов, к нашему безмерному удивлению, последовал незамедлительно. Альхен, едва завидев наши физиономии, скривился, как от зубной боли и, даже не дав нам слова сказать, молча швырнул на стол номер самой популярной в России газеты. Собственно, это была единственная на свете газета, которую мы много лет постоянно выписывали и прочитывали всей семьей от корки до корки, поэтому и найти себя там большого труда нам не составило: сразу на первой странице небольшой анонс о проекте, в котором мы участвовали, с указанием, где можно о нём почитать, затем страница последняя, которую мы вообще никогда даже не просматривали, за исключением анекдотов и колонки происшествий – так она нам не нравилась. Не знаю, что за лопухам её столь опрометчиво вести доверили, хотелось бы посмотреть им в глаза. Ну, во-первых, писать они совершенно не умели, было такое впечатление, будто они инопланетяне, а во-вторых, для этих пацанов и пацанок не было ничего святого, они могли любую знаменитость вывалять в грязи, что при каждом удобном случае с наслаждением и делали. Особенно усердствовал среди них некий Влад Самописец (псевдоним по всей видимости). Вот он-то как раз нас и поддел. В принципе, можно было особо и не расстраиваться, облили помоями – ну и ладно, оставалось только утереться, времена дуэлей безвозвратно прошли, но было и другое, после чего нам сразу всё стало ясно в той обструкции, которой мы только что удостоились.

Наш разговор с Ужастиком, о котором могли знать только трое: я, он и Па. С него-то как раз статья и начиналась. Причём содержание приводилось дословно.

– Не знаю, – сетовал я, – зачем нужно

было устраивать всё это представление – три дня таскать нас по Сочи, если в профайл потом вошло всего несколько кадров? Это что, какая-нибудь коварнейшая интрига? Специально сделано, чтобы у нас не было времени как следует подготовиться к первому туру?

– Ну, мы неплохо отдохнули, – пытался утешить меня отец. – Может, они просто приберегают материал, потом что-нибудь покажут всё-таки?

– О, это вряд ли, – мрачно усмехнулся Ужастик, не упустив и на сей раз возможность продемонстрировать «городу и миру» свои знаменитые клыки. – Зря вы паритесь, ребята. У меня, кстати, практически один в один так же получилось с группой «Монстры», которая должна была стать главной героиней моего клипа. Как вы прекрасно знаете, ребят хотели пригласить в

Москву, я должен был петь вместе с ними, но в самый последний момент это решение отменили, и пришлось выкручиваться буквально ужом. Дело было даже не в гонораре, их директор запросил достаточно скромную сумму, просто обыкновенная зависть: своих победителей мы обычно превозносим до небес, а других замалчиваем, как будто их вообще нет на свете. Так же и с поездкой в Румынию: устроители узнали, что один российский олигарх хочет купить знаменитый Замок Дракулы в своё владение и рассчитывали слупить с него хорошенькую сумму за рекламу, однако из этого опять же ничего не выгорело. Никто не захотел проплачивать этот материал: ни владельцы «Замка», ни турагентства, так что съёмочную группу на середине работы отозвали. А вы говорите, потом покажут. Покажут, когда рак на горе свистнет! Хорошо хоть какую-то нарезку сделали, просто выхода другого не оставалось. А я ведь с «Монстрами» встречался. Отличные ребята! Мы с ними так хорошо поговорили!

— Да, но ты всё-таки выкрутился, не то, что мы, — с некоторой долей зависти вздохнул Па.

— Чистая случайность! — покачал головой Ужастик. — Песенка выручила, которую мне перегнали по электронной почте. Ну да вы её слышали! Парень, кстати, неплохо заработал, и вообще – из грязи да в князи: то никому не нужен был, а сейчас нарасхват.

— Полагаю, ты не чужому человеку помог, – сыронизировал Па.

— Естественно, другу, — довольно хохотнул Ужас-с-с. — Но в принципе выбирать не приходилось, принял бы помощь от любого.

Я отложил газету в сторону и непонимающе переглянулся с отцом. Обыкновенный трёп, с чего они так на него взъелись? А то они не знают, как их костерят другие участники при каждом удобном случае? Зачем же тогда камеры наблюдения?

Отец молча покачал головой, удивляясь моей несообразительности, затем зло ткнул пальцем в конец статьи: там тоже без купюр, но на сей раз с матерком через каждые два слова и неприкрытым цинизмом следовали выдержки из обсуждений выступлений участников устроителями конкурса и членами жюри.

– Понятно! – пробормотал я.

Куда уж яснее! Удар именно сюда был нацелен, а нас просто использовали.

Мы долго молчали.

– Можете объяснить? – спросил наконец Альхен.

– Бенаквиста, – со вздохом проронил Па.

– Кто, кто? – впился в него недоумённым взглядом Владлен Игоревич.

«Господи, – подумал я, – у этих «теленебожителей» после интриг на работе да ежевечерних посиделок, а то и еженощных полежалок с длинноногими девицами, ни на что другое времени уже не остаётся. Посмотреть, почитать что-нибудь, когда это было?» Я-то сразу всё понял.

– Тонино Бенаквиста: «Читай по губам», прекрасный детектив и не менее замечательный фильм по нему с Венсаном Касселем.

Дальше Альхену ничего не надо было объяснять.

– Вы уверены? – переспросил он на всякий случай Па, уточняя.

– Зуб даю! – даже в такой, определенно не мажорной ситуации не удержался всё-таки от юмора отец, подкрепив свои слова широко известным жестом, как все мы, в том числе и вы, быть может, клялись когда-то в детстве.

– Ладно! – кивнул Владлен и тут же набрал по селектору номер нашего Юриста, одновременно дав нам знак подождать за дверью.

Наш Юрист был как бы *Галкин, Палкин, Малкин, Чалкин и Залкинд* в одном лице. Чернявенький, маленький, толстенький, с кривыми, туго обтянутыми джинсами цвета «индиго блю», ножками, он обладал неукротимой энергией и невероятной подвижностью. Надо отметить, что ничуть не менее стремительно протекал и его мыслительный процесс. Когда мы потом вошли к нему в кабинет, он уже беседовал с Ужастиком. Нас он распотрошил буквально за две минуты.

– Что ж, похоже на истину, – наконец мрачно протянул он, дав нам знак удалиться и поблагодарив на прощание.

Мы ни секунды не сомневались, что колесо завертелось теперь с максимально возможной скоростью, и Владу Самописцу против четверых *кинов* и одного *кинда* не устоять. Вопрос был только в том, насколько развито в нашем местного разлива Плевако чувство благодарности. Жаль конечно, что он не знал одной маленькой, но крайне важной детальки: должностью своей он целиком и полностью был обязан нам, именно мы настояли, чтобы в составе команды устроителей шоу обязательно был специалист по авторским правам. Кстати, нашу подсказку о том, чтобы участники имели возможность переговариваться между собой через микрофоны и наушники, он выдал за свою, так что о благодарности здесь скорее всего не стоило и мечтать.

– Ребята, да не расстраивайтесь вы так, – как мог, утешал нас Ужастик. – Прорвёмся, не пропадём.

– Да уж, тебе то что, – вздохнул Па. – Если учесть, чем ты питаешься, с голоду ты ни при каких обстоятельствах не помрёшь. Кровищи сейчас повсюду – пруд пруди. Ну на худой случай пару детективчиков от Олега Валяева и его компании схрумкаешь – на неделю хватит отрыгиваться. Не говоря уже о том, что тебе и на одёжку тратиться особо нет необходимости: в одном плаще можешь всю жизнь проходить. Разве что зубы сотрутся.

Ужастику шутка отца очень понравилась, и он с большим удовольствием, бог знает в какой раз, но уж точно не в последний, продемонстрировал нам свои клычищи.

– Нашли, чем испугать! Сотрутся, новые,

платиновые, вставлю. Надеюсь к тому времени разбогатеть. «Ха-ха-ха! И бутылка… крови!» Ром не жалую.

Не знаю, что бы я делал без моего па. Уже к вечеру нас вызвали в дирекцию шоу, и Олег Валяев принёс нам что-то вроде публичного извинения. На свой манер естественно.

– Ладно, ребята, за догадку вам многое прощается. Однако впредь прошу быть поосторожнее. Илья Аронович (Пасман, он же Юрист, он же *Галкин, Палкин, Малкин, Чалкин и Залкинд* в одном лице) побывал в редакции, провёл там переговоры. Однако там тоже профи – палец в рот не клади. Они нисколько не отрицают, что использовали текст, присланный им читателем-специалистом по сурдопереводу, но оставляют за собой право пользоваться и дальше подобными лазейками. Защита информации – наше дело, их дело – её раздобыть. Мы внимательно проанализировали содержание вашего разговора, и в общем-то не в обиде на вас, но и ваши претензии удовлетворять каким бы то ни было образом, не собираемся. У нас своя кухня, нужно побывать в нашей шкуре, чтобы в нашей стряпне разобраться. Вам лучше в эту сферу не вникать. Все остальное остаётся в силе: и номинация – она объявлена, отменить невозможно, и самый низкий рейтинг, и те пожелания, которые были в ваш адрес высказаны.

Мы уже собрались торжественно удалиться, когда Люк-Гардемарин вступил в разговор вслед за своим коллегой.

– Мы ещё не решили, как нам довести до участников, чтобы они были осмотрительнее в своей трескотне. Поэтому просим, чтобы наша беседа осталась в секрете. Впрочем, – неожиданно добавил он, когда мы с отцом уже встали. – Может, у вас есть на сей счет какие-нибудь свои соображения?

Я плюхнулся на стул обратно. «Не дразните в кошке зверя!» Естественно, как могло быть иначе – чтобы у моего Па не было каких-либо соображений в загашнике на любой счет?!

– «Фильтруй базар!» – неожиданно сказал он.

Это прозвучало настолько грубо, что оба продюсера даже побагровели от ярости. Однако Па остановил их рвущиеся наружу эмоции одним мановением руки.

– Шоу есть шоу, – продолжил Па, так и не дав своим оппонентам прийти в себя (мол, я и так вас слушал предостаточно). – Если мы начнём вводить цензуру сверх тех правил, которыми уже обозначили наш проект с самого начала, мы не остановимся и публика будет совершенно права, когда в итоге утратит к нам всякий интерес. Всё, что в данном случае требуется, посадить профессионала-сурдопереводчика за пульт управления камерами. Как только чьи-либо высказывания начнут выходить за рамки, он тут же вправе будет переключать выход в эфир с одной камеры на другую. И никого ни о чём не надо предупреждать, даже просто ставить в известность, кроме устроителей конкурса.

– А как же с членами жюри? – с усмешкой поинтересовался Олег Валяев, хотя прекрасно знал, каким будет ответ.

– Тем более нет смысла информировать о подобном решении членов жюри, – пожал плечами Па. – Калачи тёртые, пусть сами и выкручиваются. Думаю, ни у кого нет желания их подставлять, но и учить их, как себя продвигать, как свой имидж выстраивать, было бы неэтично по меньшей мере.

ГЛАВА 4

Проколы и приколы.

«О-сы».

Дайдайтехнологии.

«Ожившая в морге».

Вернувшись к себе, мы вздохнули с облегчением: кажется, выкрутились. Но надолго ли? Во всяком случае, получили передышку, прессинг, хоть и впервые, был очень мощный. Самый низкий рейтинг – именно самый, а не один из самых, можно было бы обойтись и без эвфемизмов: ни одного заказа на нас со стороны рекламодателей, буквально ничтожная поддержка зрителей. Римма Аракеловна была права: мы просто не вписывались в общий фон, оттого и «пролетали».

Немного погоревав, мы решили понаблюдать за остальными участниками, как они этот свой рейтинг нарабатывают. Ничего особенного, обычный набор из того, что можно встретить практически в любом реалити-шоу. Придуманные романы с поцелуйчиками, душещипательными разговорами, объятиями, утешениями, какой-то поддержкой, помощью. Намёки на секс в самых укромных уголках нашей «хижины». Зарождающиеся романы, но не вспыхивающие сразу, а вялотекущие (несомненно, влияние телесериалов), так чтобы невозможно было понять, чем всё в итоге может закончиться. Мужская дружба. Женская солидарность. Какая-нибудь стервоза, помешанная на порядке и чистоте, бесконечно из-за этого со всем остальным коллективом конфликтующая. Продолжать можно до бесконечности, но, несмотря на кажущуюся эту бесконечность, все выигрышные роли давно уже были распределены, все вакантные места заняты. То есть, при всём желании никак нельзя было вписаться в этот замкнутый реалити-клуб. Можно было конечно скопировать кого-нибудь, а потом попытаться превзойти. Например, разбить чей-нибудь роман, выступив соперником. Но мой Па и какая-нибудь нимфетка, представить себе такое… Нет, Ма точно не поймёт!

Только здесь, на конкурсе, я понял, насколько раньше я недооценивал своего па. Настолько, что не попади мы сюда, я так никогда бы и не узнал его по-настоящему. Но тут он до такой степени частенько поражал меня, что у меня чуть ли не начал развиваться перед ним комплекс неполноценности. Вот и сейчас именно Па, а не я, оказался на высоте.

– Думаю, у нас остаётся только один выход, – сказал он, наконец, после нашего долгого совместного молчания. – Проколы разменять на приколы. Ладно, пусть юмор сейчас не в чести, пусть основные наши телезрители – молодежь. Но совсем без юмора ни один человек в мире не может существовать. Значит, сейчас просто форма такая в моде: придуриваться. Тот же юмор, только выглядит немножко по-другому.

Процесс пошёл. Закипела работа. Тут и я включился на полную мощность. Раз «Читай по губам!», значит, мы больше не говорим, общаемся исключительно с помощью рук и плакатов с надписями. Не просто уроем, но закопаем на десять метров вглубь этого злополучного Влада, пусть вся страна узнает в конце концов как он работает, какими методами добывает свой материал. Но вот стиль «ретро» – за него мы ещё поборемся.

Мы тут же побежали к Стилисту и заказали у него два полосатых купальника образца начала XX века. Расчесали волосы на прямой пробор, чуть завили их, набриолинили, обзавелись огромными приклеенными усами (ещё круче, чем у наших продюсеров), ну а дальше пошла череда аксессуаров. Поначалу это было каноэ, с которым мы бесцеремонно таскались из угла в угол по комнате, затем усаживались в него и как бы гребли, оживленно жестикулируя – обсуждали великолепные виды, открывавшиеся вокруг. То мы выбирали самые ухоженные, самые аккуратно застеленные постели и бросались на них, старательно делая вид, что плаваем, рассекая волны. То принимались играть в волейбол, будто мы на пляже. Или садились с удочками и начинали вылавливать отовсюду, где только возможно, трусики, лифчики и прочие детали женского туалета. Недоумённо пожимали плечами, рассматривая их, затем «отпускали обратно в воду» – пусть поплавают, подрастут.

И таких приколов в нашем ассортименте было великое множество. Естественно, реакция на такие перемены в нашем поведении со стороны других участников была весьма жёсткая. Нам вскоре дали прозвище О-сы (О-тец и сы-н) и поступали с нами соответственно: кляли, на чём свет стоит, гонялись за нами с подушками. Естественно, пожаловались дирекции, но та лишь с любопытством следила за нашими потугами, гадая, как впрочем и вся страна, чем всё это может в результате закончиться. В конце концов, до участников дошло, что столь ярко выражая свой негатив, они лишь подыгрывают нам, забросив на какое-то (слишком драгоценное!) время занятия своим собственным имиджем. Первым это понял Ужастик, который сразу же после того, как прозвучало прозвище «О-сы», тут же обзавёлся огромным сачком и гонялся за нами без устали, с огромным воодушевлением демонстрируя свой наряд и сопутствующие ему прибамбасы.

Победа! Мы не могли утверждать с полной уверенностью, так как (повторюсь) обратной связи с телезрителями у нас не было, но по улыбкам дирекции и тому, что нами заинтересовался один крупный производитель моющих средств (не зря, видно, нам шею намылили!), мы уже не сомневались, что падение прекратилось и рейтинг у нас теперь на достаточно сносном уровне.

Теперь было самое время заняться подготовкой к очередному конкурсу:

«Пилотный выпуск». То есть, пробник к какому-нибудь телесериалу. И вот тут везение наше закончилось. Нас как заклинило. С одной стороны надо было выдерживать до конца найденный имидж, не бросая начатое дело на полпути, с другой – мы вдруг поняли, что вообще-то с самых истоков проекта занимаемся не своим делом. Какие-либо, пусть даже самые зачаточные, способности к творчеству в нас совершенно отсутствовали. И никаким имиджем, обезьяньими прыжками и ужимками этот голый зад нельзя было прикрыть. Чего мы только ни делали, чтобы выжать из себя хоть какой-нибудь мало-мальски достойный сюжетец. Наконец, я понял, что негоже отцу бесконечно выручать нас обоих, пора мне и самому мозги как следует понапрячь.

Я подошел к Ужастику и, наплевав на все клятвы, которые незадолго перед тем давал дирекции о неразглашении тайны, всё ему рассказал.

Ужас-с-с долго молчал, затем вздохнул:

— Да, обидно, и что вы конкретно предлагаете?

— Уж если нас, и только нас троих из всех, протащили, почему бы нам не объединиться?

— Интересно. Но каким конкретно образом?

— Ты участвуешь в нашем проекте, а мы в твоём.

Надо сказать, что Ужас-с-с не раздумывал ни минуты.

— Согласен. По рукам! Когда начнём?

— Хоть завтра.

На том и порешили.

Я ожидал взбучки от отца, но Па промолчал. В конце концов, он столько мне преподносил сюрпризов, почему бы и ему голову не поломать над моей примочкой? Хотя в чём суть примочки я пока и сам толком не знал.

— Ты только что выступил с любопытной инициативой… У тебя есть что-то конкретное на уме или ты так просто, блефуешь? — наконец, осторожно спросил Па.

— Надо двигаться, у нас совсем нет времени в запасе, — попытался я отделаться общими словами.

— Не знаю, не знаю, — вздохнул отец. — У тебя и есть всего только один друг на всём проекте, ты хочешь потерять его?

— Нет, конечно, — поспешил ответить я и начал дальше нести уже полную околесицу. — Понимаешь, раз Ужастик, значит мы должны исполнить его мечту: сделать хороший фильм ужасов. Ну, например: студент-медик подрабатывает по ночам дежурствами в морге. Ужас?

– Ужас! Бедный студент! Аудитория как раз подходящая – самая что ни на есть мо-ло-дёж-ная, – согласился Па. – И что дальше?

– Студента буду играть я, – такое решение почему-то меня очень воодушевило. – Ты будешь играть врача-патологоанатома, который очень любит выпить и при первом удобном случае дрыхнет без просыпу. Сможешь?

– Легко! – продемонстрировал Па знание молодежного сленга. – Считай, что я уже сплю. Но что я увижу, если хоть один глаз чуточку приоткрою?

– Студент – он не просто «ботаник», – вдохновенно врал я. – Он сделал открытие. Прямо как лауреат Нобелевской премии. Благодаря нехитрому устройству, что-то из дайдайтехнологий. Ну которые ещё меньше, чем нана. Частицы одним словом. Извлёк он их как «пи» (полезную информацию), скажем из космического мусора.

– Постой, постой, – засомневался Па. – А где же он взял этот мусор-то? Ведь при падении на Землю, при всех вариантах, любая «пи» должна была бы сгореть?

– Ну не сгорела, – начал уже раздражаться я. – Была внутри метеорита, как в капсуле.

Отец передёрнулся всем телом.

– Бр-р-р! Ну и чушь! Только тут ведь не ужас – фантастика.

– Да ты сам меня в эту фантастику и увёл! – не выдержал, взорвался я. – Раз ужас, значит важно не как, а что. Так вот, студент-медик изобрёл сканер, позволяющий считывать у мертвецов их уникальные способности, естественно, если таковые имеются, и переносить их в свой мозг. Катит?

— Ну вообще-то... не слишком ли ты переборщил? — Отец, вроде бы привычный ко всему, на этот раз был в шоке.

— Не слишком, — с досадой отозвался я. — Это ведь пародия, не оригинальное произведение. Между делом герой оживляет девушку, которая и не умирала вовсе, а просто была либо в коме, либо в каком-нибудь лунатическом или летаргическом сне. Дальше драки, погони, любовь. Только уже не одного героя, а двоих («он» плюс «она»).

— Ладно, — кивнул отец. — Считай, что название уже имеется — «Ожившая в морге», ну а причем тут Ужастик?

— Ну его студент оживил ещё раньше, нечаянно, — выкручивался я как мог. — Ужастик и прижился. Тут, в морге, ему полное раздолье, кровищи — море разливанное, зачем ему куда-то уходить?

Они даже подружились в конце концов все трое. А у героини дело – она должна кому-то за что-то отомстить. Ребята естественно, но сначала крайне неохотно, соглашаются ей помочь, применяя все, скачанные из трупов способности. Как я говорил уже: драки, стрельба, кровь льётся рекой (все вампиры и вампирессы, без балды в полном восторге), справедливость само собой торжествует. Просто не может не восторжествовать. Как тебе?

– А у нас есть выбор? – вопросом на вопрос ответил Па. – Вот только где ты возьмёшь актрису, которая сыграла бы такую, весьма и весьма непростую, роль?

– Эка закавыка, – беззаботно махнул я рукой. – А дирекция на что? Денег нет пригласить какую-нибудь звезду или хотя бы самую что ни на есть маленькую звёздочку? Скажем, из начинающих. Пусть у них голова и болит.

На том мы и порешили. Но, как говорится, «не болит голова у дятла», ну а нам с Па этой головной боли с лихвой хватило.

ГЛАВА 5

«Дружба дружбой....».

Свежачок-трупачок.

Влад не дремлет.

«Читай по губам – 2».

– Ну как, ты не передумал? – решил я всё-таки уточнить, помня предостережения отца насчёт «единственного друга».

Ужастик почесал затылок, затем, стараясь не встречаться со мной взглядом, медленно проговорил:

– Не знаю, что и ответить. Поймите меня правильно, ребята: по большому счёту мне совершенно наплевать на то дерьмо, в которое мы влипли. Хотя, допускаю, положение у нас сейчас аховое. Но для меня куда важнее другое: по тем сведениям, которыми я располагаю, вы влезли на мою территорию. Поверьте, мне очень не хотелось бы терять нашу дружбу, вы оба мне очень симпатичны, но как говорится своя рубашка ближе к телу. Я и так балансирую на грани: в любой момент тема, которую я разрабатываю, может надоесть зрителям, наступит пресыщение, а тогда мне хана – я вылечу со свистом из проекта. Чего мне естественно очень не хотелось бы. Ну а то, что вы предлагаете – вообще край: два «пилота» на одну и ту же тему – никто этого не выдержит, да и дирекция, исходя из тех соображений, что я вам сейчас высказал, зарубит кого-нибудь из нас на корню. Кого именно – вам и так должно быть ясно. И этот кто-то (опять не расшифровываю) сразу вытащит чёрную метку, потому что времени на переподготовку у него уже не останется.

Я пожал плечами. Конечно, в чём-то

Ужас-с-с был прав, и всё-таки его доводы не показались мне убедительными.

— Ладно, прости, что мы тебя потревожили.

Когда мы разошлись, отец долго молчал, затем всё-таки не выдержал, с досадой покачал головой.

— Жаль, но всё произошло в точности так, как я и говорил. Теперь необходимо срочно искать выход из тупика, в который мы сами себя и завели. Моё мнение: мы должны подарить Ужас-с-су наш сюжет, а самим срочно переключиться на что-нибудь другое. Дружба важнее, тем более что мы и в самом деле залезли в чужой огород. Сколько у нас осталось времени?

— Вообще не осталось, — с грустью вздохнул я. — Мы слишком увлеклись разработкой сценария этой «мертвецкой» истории и соответственно увязли по самые уши. Может, у тебя есть какие-нибудь запасные варианты? Всегда полезно иметь что-нибудь в загашнике.

– Знать бы, где упасть… – отец вдохнул и с шумом выдохнул обратно воздух, в попытке заставить пошустрее работать мозги. – Короче, соломки нет. Предлагаю разойтись в противоположные стороны минут на пятнадцать, затем снова встретиться. Если у кого-то появится что-то стоящее, сразу включаемся в процесс.

– Годится, – кивнул я.

Однако сколько я ни слонялся по нашему «дому», в голове у меня так ничего и не прояснилось. Я вообще не могу так быстро переключаться, надо сначала дать улечься эмоциям. А справиться с ними у меня пока никак не получалось.

– Мало. Мало времени, – пробурчал я, когда мы с Па вновь встретились. Ты же знаешь, я – тугодум.

Отец кивнул.

– Есть идея.

– Идея? – удивился я.

Неужели выход? У меня даже дух захватило.

– Ну, если говорить точнее, – поморщился отец, – не идея, а скорее – решение.

– Ого, даже решение! Это вообще супер! И что конкретно? – вяло поинтересовался я, боясь обольститься надеждой.

Какие решения? О чём он говорит? Тут хотя бы чуть-чуть чем-нибудь воодушевиться. Нет, пора снова расходиться. Но не на пятнадцать минут, на час, не меньше.

– Всё очень просто. Ни в какой чужой огород мы не залезаем. Убираем фильм ужасов, туда же и всех кровососов отправляем – на помойку, оставляем пародию: драки, стрельбу, комедию, немного фантастики. Экспозицию минут на пятнадцать, затем краткое содержание оставшейся части фильма, текстом, игровой нарезкой на сцене и кадрами на экране.

– Годится, – согласился я. А что мне ещё оставалось делать?

– Ну значит осталось только одно: успокоить твоего друга.

Ужастика нам долго разыскивать не пришлось. Чувствовалось, что ему было очень скучно. Никто с ним не заговаривал, вообще не обращал на него внимания. Все были заняты подготовкой к «пилоту». Буквально по горло. И только ему всё было по барабану.

– Как продвигаются дела? – спросил я, когда мы столкнулись с ним нос к носу.

– Нормально, вполне нормально, –

ответил Ужас-с.

— Мы всё переделали, так что можешь не беспокоиться.

— Спасибо, — Ужас вздохнул с облегчением.

— У тебя уже есть собственная заготовка?

— Нет, но с этим проблем не будет, — спокойно ответил наш «друг». — Кстати, мне пора, начальство вызывает.

Мы кивнули и с головой погрузились в работу, поэтому были очень удивлены, когда Ужастик вернулся радостный, сияющий, совсем другим человеком. Видимо, он очень тяготился тем конфликтом, который произошёл между нами, и у него не было никакого желания терять с нами дружбу.

— Я говорил с «полосатиками», в том числе о вашей идее. Они и не думали возражать. Так что я с вами. Думаю, у нас всё получится.

— Мы тоже так считаем, — обрадовался Па. — Конечно, всё опять придётся переделывать, возвращаться к первому варианту, но с учётом последних наработок получится даже гораздо интереснее. Осталась одна загвоздка: кого нам выпросить на роль героини? Хотелось бы заполучить какую-нибудь, пусть самую маленькую «мыльную» звёздочку. Но мы в сериалах ни бум-бум. Может, ты что-нибудь посоветуешь?

Ужастик задумался, но лишь для видимости, ненадолго.

— Хорошо, — кивнул он великодушно, — вы и так львиную долю работы проделали, так что решение этого вопроса я, так и быть, беру на себя.

Дальше всё складывалось, как по волшебству. Для меня, пожалуй, это было самое замечательное воспоминание из всего проекта. Нас отвезли на «Мосфильм», выделили реквизитора, гримёра, оператора – всё было самое что ни на есть всамделишное. И оттянулись мы конечно на славу.

Не подвёл и Ужас-с, актриса, которую он нам привёл, была просто великолепна.

Но нет бочки мёда, на которую не нашлось бы ложки дёгтя. Так, «случайно», мы узнали, что на этот тур конкурса в жюри в порядке исключения приглашён помимо всех прочих и наш лучший друг Влад Самописец.

Это нас просто убило.

– Да, «Влад не дремлет», – с грустью проговорил Па. – Пожалуй, наша песенка спета.

– Ну, свет белый на одном только писарчуке клином не сошёлся, – попытался приободрить его я. – Жюри большое.

– Кто знает, всё может быть, – с тревогой в голосе произнёс Ужастик.

Мы с отцом недоумевающе переглянулись. Ещё совсем недавно мы удивлялись олимпийскому спокойствию этого парня, а тут вдруг паника. Сразу после нашего последнего разговора мы с отцом пришли к выводу, что Ужас-с-с, при всей его наигранной простоватости и открытости, птица высокого полета и здесь, в Беспредел-кино, уж точно не сам по себе. Кто-то его толкает, причём фигура за ним стоит достаточно значительная.

Он не испытывал никаких переживаний относительно своего «пилота», это могло означать только одно: кто-то за него должен был написать сценарий.

Он так легко договорился с начальством.

И вдруг сейчас…

– Есть вариант, – неожиданно сказал Па.

Мы тут же воззрились на него с недоумением и надеждой.

— И что за вариант? — первым не выдержал его загадочного молчания я.

— Бог из машины, — ответил Па. Мы соответственно ничего не поняли. Хотя я безусловно знал, что такое «бог из машины». Отец мне этим выражением всю плешь проел.

— Нельзя ли поподробнее? — нервно поинтересовался Ужастик.

— Если углубиться в историю театра, в античных пьесах, когда сюжет совсем заходил в тупик, появлялся бог, как бы на небе, в специальной конструкции (Deus ex machina) и всё зрителям объяснял. Так вот и здесь бог решил сделать нам подарок. Скажите, как мы смогли бы иначе наказать наглеца? Самописца этого. Статью написать в опровержение? Просто набить ему морду?

Нет, бог сажает его в жюри, и этим отдает нам его на полное растерзание.

Естественно, только я смог позволить себе такую вольность: многозначительно постучать пальцем себе по лбу, как бы комментируя высказывание Па. Ужастику неудобно было ко мне присоединиться, но мысленно он был со мной солидарен.

– «Читай по губам», – снизошел наконец до нас Па, прокомментировав свои мысли.

Каюсь, первым догадался Ужастик, а не я.

– Понятно, на словах нам нельзя с ним пикироваться, а вот жесты как говорится к делу не пришьёшь.

– Но мы ведь не знаем языка глухонемых, как же мы сделаем это? – продолжал недоумевать я.

– Вот и хорошо, что не знаем, – расплылся в лукавой улыбке Па. – Мы его сами изобретём. Такой, какой нам захочется. И к делу его как поразительно точно выразился наш уважаемый со-участник никоим местом не пришьёшь. А в остальном, какая наша забота? Умный поймёт, а дурак не догадается. Нам интересно о чём, и главное, чем, думают дураки?

ЧАСТЬ ТРЕТЬЯ: НАЧИНАЮЩИЕ ИЗ СОЧИНЯЮЩИХ

ГЛАВА 1

Фарс-мажор.

«Отжившая в морге».

Козлы отпущения.

Голубой воришка и добрейшие из самаритян.

«Пилите! Пилите, Шура! Пилите!».

— Но у нас же был уговор, — несмело возразил отец.

Владлен Игоревич тяжело вздохнул и развёл руками.

— Да, и обычно я своих договоров не нарушаю. Но есть такое понятие: форс-мажор — обстоятельства, которые невозможно предусмотреть, ещё их называют: непредвиденные обстоятельства. Рок какой-то, — пробормотал он в некотором даже смущении, — не пойму, с какой стати этот идиот в вас, как клещ, вцепился? Почему именно к вам все его придирки? И почему в редакции это так легко пропустили?

Я пожал плечами, не понимая, о чём идёт речь, но на всякий случай поддержал разговор в том же, пустопорожнем духе.

— Трудно сказать, просто какие-нибудь интриги, вовсе не на нас нацеленные, кому мы сами нужны? Так сложилось, попали под раздачу. Однако вы уверены, точно знаете, что с нашим уходом всё вдруг наладится?

Чинуша Игоревич поколебался немного, затем кинул на стол передо мной газету. Опять ту, самую нашу любимую.

Нам не пришлось долго искать, заголовок был набран аршинными буквами:

«ОТЖИВШАЯ В МОРГЕ»,

или «Бабушка, что бы нам испечь «ужасненького» на обед?»

Судари и сударыни! Мы уже знакомили вас с новым реалити-шоу на одной из ведущих кнопок нашего замечательного российского телевидения...»

Ну естественно дальше следовал полный разнос нашего выступления. Однако это было не главное, главное было в конце. Неведомый сурдорасшифровщик на сей раз постарался на славу и не пожалел никого. Материалы о деньгах, вкладываемых в участников шоу, как представителями рекламы, так и родственниками, спонсорами конкурсантов. Как на эти деньги нанимались и нанимаются известные артисты для участия в тех или иных конкурсах шоу на стороне отдельных команд, подкупаются представители окололитературных кругов, заказываются нужные статьи в прессе. Черный «нал», серый «нал». В частности, Влад не побоялся привести обвинения даже в свой адрес: в его якобы необъективности по отношению к «некоторым участникам конкурса», подозрения в том, что первая его статья вроде как носила заказной характер и была преподнесена в стиле «чёрного пиара». Что он естественно категорически отрицал и опровергал.

— Так, ну и что? Какие будут мнения на сей счёт, — со вздохом спросил Владлен Игоревич. — Откуда, по-вашему, ветер дует?

— Ну, это задачка для первого класса, — холодно ответил Па. — Могли бы придумать что-нибудь и поинтереснее. Дело вообще белыми нитками шито, работали питекантропы, иначе не назовёшь. Хотя, как я понимаю, в их времена ниток, ни белых ни каких-либо других, ещё не было. След вам нужен? Ищите и обрящете. Только не увлекайтесь слишком долгими поисками – все концы в окружении того шоу, место которого мы заняли в эфире. Спонсоры, руководители программы, да не знаем мы кто конкретно, и знать не хотим. Это целиком ваши проблемы, вы их и решайте. Нам непонятно другое: почему вы так легко и бескомпромиссно позволили сделать именно нас козлами отпущения?

Он помолчал немного, затем, так и не дождавшись ответа, проговорил со вздохом:

– Ладно, что после драки кулаками махать… Партия проиграна. Но мы надеемся, что вы не забыли свой должок? И поможете нам, когда мы снова решим к вам обратиться?

Альхена словно подменили. Он вновь сделался таким, каким мы его увидели во время нашей первой встречи – вальяжным барином. *Он больше нас не боялся!* А ведь в принципе, если очень захотеть, мы могли бы раздуть большой скандал. Пусть даже всего только в «жёлтой» прессе.

– Годится, – великодушно махнул он рукой.

– И через год не забудете? – с иронией поинтересовался отец.

– Да, вас забудешь! – покачал головой Альхен и искренне расхохотался. – Пилите дальше, ребятки, пилите!

Он оглядел нас с хитринкой в глазах: всегда приятно иметь дело с джентльменами. Которые умеют, как выигрывать, так и проигрывать. Не афишируя при этом своих чувств.

— Кстати, не хотелось бы вам душу бередить, — решился Владлен Игоревич всё-таки на откровенность и было похоже, что он не врал. — Должен признаться, если бы не эта, новая, статья… Была задумка, несмотря на проигрыш, вернуть вас в проект «продюсерским якорем спасения», но… не судьба.

Было грустно, ей-богу, очень грустно. Куда проще конечно было уйти тихо, без объяснений — по-английски. Но, наверное, какой-то смысл в нашей последней встрече с Альхеном всё-таки был. Возможно, так и куётся житейский или жизненный, не знаю, как точнее назвать, опыт. И в какой-то нужный момент потом вдруг всплывает что-то из испытанного сегодня: унижение, злость, отчаяние и вытаскивает вас из какой-нибудь, кажущейся совсем уж безвыходной, жизненной ситуации. Не мне судить о подобных вещах.

Нам объявили всего за несколько часов до выступления, что решение о нашем объединении с Ужастиком отменяется. Что-либо узнать у него самого было бесполезно – он исчез ещё с вечера. Мы с отцом снова перестроились, практически вернулись на прежние позиции, и никакой паники не испытывали. Главное – что осталась актриса, игравшая роль главной героини, вот без неё бы точно всё развалилось. В монтажной мы показали, какие куски нужно изъять из видеоролика. Собственно, с самого начала они были совершенно лишними. Ни хоррора, ни фантастики, осталась лишь забавная комедия, вдвойне уморительная тем, что параллельно с действием мы ещё вволю поиздевались над сидевшим в жюри Владом «Колосажателем». Однако нам было не превозмочь ни Ужастика, ни «Школу магии»: то, что мы преподнесли, было лишь началом, авансом, хоть и выглядело великолепно, у двух других наших конкурентов сложилась уже устойчивая репутация, масса фанатов и просто поклонников.

Выступление всех трёх участников происходило по единой схеме: частью на сцене, частью на экране, такова была задумка режиссера. Разница была лишь в том, что у нас и у «магов» действие чередовалось, а вот у Ужас-са оно было параллельным. Современный фильм про вампира: на экране сюжет разворачивался вокруг частного детектива и его поисков злодея. На сцене «вампир» свирепствовал в полной мере, настигая и приканчивая своих жертв. Обе роли исполнял один и тот же человек, только загримированный по-разному. Кто конкретно, наверное, нетрудно догадаться. Поражал профессионализм, как съёмок, так и актёрской игры, мы смотрели, разинув рот. Даже потом нам сказать было нечего. Что касается «потных харь», как их иногда называли злопыхатели, то только кажется, что «поттериана» уже отгремела своё. Эпопея про Гарри Поттера, созданная воображением писательницы Джоан Роулинг и блестяще сыгранная и поставленная в лучших голливудских традициях, стала классикой, вот почему любые аллюзии, применявшиеся «магами» по ходу их выступления, неизменно вызывали бурю аплодисментов.

Всё было так неожиданно и так

закономерно. *Мы покидали наше Беспредел-кино, как побитые собаки, но всё-таки гордые тем, что вообще здесь побывали.*

Дома пришло отрезвление. Мы целыми днями слонялись с Па по квартире как неприкаянные. Ма нас совершенно не понимала, но и не трогала, оставила в покое сразу же после того, как мы, с полной безнадёгой в голосе, отказались посмотреть хоть что-то из собранного ею обширного материала.

Мы никак не могли понять, где, в каком именно месте, мы совершили роковую ошибку: ведь всё так хорошо начиналось. Лишь ближе к концу недели Отец молча указал на Кабинет, я кивнул – пора было подводить итоги.

– Нас использовали, – со вздохом сказал Па, когда мы уселись вдвоём на кушетке. –

Никакой удачи не было. Какой-то их внутренний передел, в котором мы случайно, а точнее, по собственной глупости, оказались замешаны.

– Да я понял уже, – неохотно отозвался я. – Но осталось много неясного, не мешало бы досконально во всём разобраться.

– Зачем? – с недоумением спросил Па. – Грязная история, какой смысл нам в ней копошиться? Ясно, что статьи Влада были типичной заказухой, что после окончания шоу предстоят большие перемены в руководстве, многие головы полетят. Но нам-то что до этого? Обман был с самого начала: никто не допустил бы, чтобы мы дошли до финала. Помимо грязи был ещё смачный пирог, от которого слишком много желающих было отхватить хоть кусочек. Типичный «распил». Мы с тобой сирые, пришлые, да и совершенно неподготовленные к такой бескомпромиссной борьбе. Как ты уже понял, простых людей там практически не было. Сыночки, дочурки, внуки и внучки, любовницы. О подковёрной возне я уж и не говорю. Деньги, связи, всё шло в ход для достижения успеха. Ты знаешь, я долго готовился, много передач отсмотрел, но везде всё было заранее распределено, поэтому действо и проходило чинно, благородно, теперь я понимаю: так было снаружи, а вот внутри... здесь на наших глазах с первых же минут обнажились злобные клыкастые хари, схватка шла не на жизнь, а на смерть. Однако вопрос не в том. Как нам троим жить дальше после такой встряски? Вот что неизмеримо важнее.

– Жить, как и жили, – пожал плечами я. – Ну отклонились чуть-чуть в сторону, выправимся.

Отец не ответил. Лишь молча скептически покачал головой.

ГЛАВА 2

Плоды славы.

Кровные сёстры.

И всё-таки, наше перемещение было настолько стремительным, что невозможно было сразу его переварить. Могу привести только несколько самых разных, в том числе и весьма смешных, эпизодов.

Прежде всего, нам постоянно чудились повсюду обитатели Беспредел-кино и лишь приблизившись, мы обнаруживали совершенно незнакомые лица. Говорят, такое бывает, когда долго находишься в замкнутом пространстве.

Ещё мы были несколько смущены повышенным вниманием к нам со стороны прохожих на улице. Редко кто оставался равнодушным. Одни пристально разглядывали нас и даже оборачивались, чтобы посмотреть вслед, другие набирались смелости подойти и пожать нам руку, даже заговорить, третьи просто улыбались.

Иногда собирались небольшие группки с просьбой об автографе. Нас это нисколько не раздражало, наоборот, мы пыжились от гордости, прекрасно сознавая, что даже если произойдёт чудо, и нам вдруг ни с того ни с сего вручат Нобелевскую премию, такой популярности у нас уже никогда в жизни не предвидится.

Ма лишь усмехнулась, когда мы ей рассказали о своих курьёзных впечатлениях.

– Ну вы только ещё начали купаться в лучах славы, а я пожинаю плоды ваших успехов уже три недели.

Три недели! Господи! Неужели столько времени прошло? Не верилось. Однако нужно было срочно перестраиваться, приходить в себя, думать, как жить дальше. Что мы имели? Пока только потери. Работа была только у Ма, мы же сидели у неё на шее, типичные захребетники.

Как раз в тот момент нам позвонили «Кровные сёстры». Они вылетели первыми, но, тем не менее, на полную катушку раскручивали сейчас свой недолгий успех. Сколотили наспех кое-какой репертуар и выступали с незатейливыми, но весьма бойкими песенками в одном ночном клубе. Собственно, пели из них только двое, остальные подвывали и подтанцовывали, но дело, как ни странно, шло. Сыграла свою роль конечно обнажёнка, фигуры у девчонок были что надо, да и хватка деловая присутствовала в избытке. Все деньги от своей работы, участия в корпоративных вечеринках, подаяния щедрых спонсоров они вкладывали в костюмы для выступлений, всевозможные интервью, любую засветку на радио, телевидении, нашли даже предприимчивого начинающего директора, дело оставалось только за хорошим продюсером, но таких китов мелкой рыбешкой трудно заинтересовать.

Предложение было простое: сделать номер с их участием о внучке, которая просит свою бабушку научить её танцевать чарльстон. Мы воодушевились было, но дело тут же упёрлось в костюмы, которые остались на проекте, права на номер, которые нам не принадлежали, ну а самое главное – мы совершенно не умели ни петь, ни танцевать.

Чтобы не расхолаживать девчонок, мы предложили им встречный вариант: написать сценарий на какой-нибудь рекламный ролик с их, а возможно, и нашим, участием, однако рекламодателей они так и не нашли.

Сейчас я понимаю, что наши сомнения не имели никакой почвы под собой. Костюмы? Тоже мне проблема! Девчонки обещали нам допуск в кладовые «Мосфильма», подобрали бы что-нибудь. Права? Да кому они интересны на корпоративной вечеринке? Петь и танцевать? С голодухи волком завоешь. А уж сценарий какого-нибудь весёленького номера сочинить – а зачем, собственно, мы не просто на телеэкран, а на такую огромную аудиторию потащились?

ГЛАВА 3

Робинзоны и… пятница.

Плюшевые мишки.

Трофейный бинокль.

Бэзил Пупкин и «Девушка моей мечты»

Ма терпеливо наблюдала за нашим возвращением с небес на грешную землю. Она довольно равнодушно отреагировала на наши откровения о том, как нас «использовали», «обманули», «подставили», окончательно и бесповоротно вылечив нас одной только фразой:

— А вы что, надеялись выиграть автомобиль?

— Нет, конечно, — практически в унисон ответили мы с Па.

— Потому что тогда куда больше шансов

поехать на «Поле чудес», предварительно хорошенько подготовившись, и там попытаться свою прыткость проявить. Кстати, вы не забыли, что завтра пятница?

– Пятница, ну и что? – недоумённо спросил я.

– Я хотела бы пойти с вами. Как, возьмёте? Вы же обещали.

– Ну обещали, когда это было, – гнусаво протянул Па. – Мы вообще-то этот поход сами не планировали. Нас вышвырнули с проекта, что нам там делать?

– А вы, прямо, такие гордые, особого приглашения дожидаетесь? Не боитесь, что слишком долго ждать придётся?

Мы с отцом переглянулись: а что, и в самом деле любопытно было бы понаблюдать из зала то, что мы видели только на сцене. Почему бы и нет? Почему бы и Ма с собой не прихватить? Тем более что мы действительно ей обещали?

Сказать по правде, мы немного побаивались, что нас уже окончательно вышвырнули за борт и остановит вдруг охранник на служебном входе, но ничего подобного, к счастью, не произошло. Те же поклонники вокруг отгороженного пятачка, любители поснимать, поканючить автографы. С нами здоровались, шутили, все понимали, что в любой момент мы можем вернуться, администрация ещё не сказала последнего, окончательного слова.

В конце концов, одна из кнопок телевидения решила всё-таки заинтересоваться нами и взять у нас интервью. Надо уметь проигрывать – закон известный, поэтому мы в своих ответах хвалили администрацию, изображали непомерный восторг оттого что нам вообще в таком потрясающем мероприятии удалось поучаствовать. Естественно, отшучивались, когда речь заходила о прогнозах, как на сегодняшний вечер, так и вообще на всё шоу-реалити. К счастью, никому из прибывавших участников невозможно было уделить слишком много времени и мы облегчённо вздохнули, когда от нас наконец отстали.

Сказка продолжалась и в фойе, и в зрительном зале «Олимпийского». Нам дарили плюшевые игрушки и прочую чепуху, пересылали записочки со стихами собственного изготовления и даже признаниями в любви. Наша кнопка пока нас не жаловала, камера в нашу сторону так ни разу и не повернулась, но мы особенно и не переживали по этому поводу.

Особенно меня поразило то, что в зале нас тут же заметили волонтёры с повязками и усадили на почётные места, причём в серединке, почти перед самой сценой. Нас шумно приветствовали соседи, наши фанаты тут же развернули плакаты: «О-сы», мы с вами», «Ожившая» – блеск, ждём сериала по телевизору».

Опять автографы, сувениры-игрушки, пожимание рук.

Мы довольно быстро вжились в роль зрителей, любовались оформлением сцены, зала, Па где-то откопал старенький полевой бинокль. Ещё трофейный, наверное.

Мы искали с некоторой тревогой в жюри и зале нашего возлюбленного Колосажателя, но как видно конфликт с когда-то любимой нашей газетой был улажен и необходимость в присутствии здесь этого чёрного пиарщика полностью отпала. Наверняка пил сейчас кровь где-нибудь в другом месте.

Шоу как обычно трещало по швам, поэтому администрация решила несколько поменять местами отдельные его туры, передвинув на третье место самый эффектный из них: «Мир шоу-бизнеса». От конкурсантов требовалось написать стихи, которые могли бы послужить основой для какой-нибудь песенки, или сценарии для обыгрывания отдельных номеров, и даже, если позволяли амбиции, предложить свои варианты общего сценария предстоявшего вечера. Были выбраны и кандидаты на «интимную стрижку»: «Искатели приключений», «Бэзил Пупкин, агент 00» и «Зелёные человечки». Что ж, программа действительно обещала быть интересной. Первое, что мы сделали, заключили между собой пари – кто сегодня вылетит. Как ни странно, мнения разделились: Ма оказалась безжалостной к «Искателям приключений» (наказание за проигрыш – испечь торт «Наполеон»), Па указал на дверь «Зелёным человечкам» (найти какую-нибудь халтуру, заработать немного денег), мне изрядно успел надоесть Бэзил Пупкин с его компанией, ну я и схлопотал самую изощрённую кару за несообразительность – познакомиться с какой-нибудь девушкой типа Марики Рёкк в фильме «Девушка моей мечты» и представить её моим родителям.

Что ж, азарт мы себе обеспечили, было из-за чего болеть.

Начну с того, что в шоу нас всё-таки не вернули. Да и не могло это вот так внезапно произойти. Я не понимаю вообще, на какое чудо мы уповали? При всех вариантах нас должны были пусть втайне известить о подобном решении заранее, чтобы мы успели подготовить какой-нибудь номер.

Так что теперь нам не оставалось ничего другого, как только быстренько психологически перестроиться и наслаждаться разворачивавшимся на наших глазах зрелищем.

Однако скоренько не получилось, поэтому мы сосредоточили основное внимание на своих товарищах по несчастью, «стрижах», как мы их называли, точнее, тех, которым сегодня предстояло стать «остриженными».

«Искатели приключений». Ребята были весёлые, натренированные. В первом представлении они с обезьяньей ловкостью лазили по бутафорским скалам («Восхождение на Эверест») и летали над сценой, вцепившись в канаты, при сближении ловко меняясь ими; во втором дрались «без правил» со всякого рода «киборгами» и «монстрами». Конечно, везде они всего лишь смешили публику. По скалам только на экранах вверх карабкались, а на сцене вся бутафория просто ложилась им под ноги, на канатах (тоже на полу) лишь перекатывались друг поверх друга. Естественно, всякого рода чудища были сделаны из раскрашенного гофрированного картона, но рычали, стонали и истекали кровью, как настоящие.

В этот раз они решили повторить несколько самых знаменитых в мировой истории кинотрюков, но естественно в традиционной своей, шутовской, манере.

Нам с отцом особенно понравился эпизод из фильма кумира эпохи немого кино Бастера Китона «Пароход Билл младший». Там на Бастера неожиданно падает стена дома, но он остаётся невредимым, удачно вписавшись в оконный проём. Этот эпизод у «приключенцев» повторялся до бесконечности, чаще всего далеко не так удачно, но поскольку декорация была сделана из пенопласта, «искатели» довольно легко отделывались.

Естественно, Гарольд Ллойд с его шедевром «Наконец в безопасности». На экране герой демонстрировал скалолазание по фасаду универмага, а затем на несколько минут зависал, смешно болтаясь, на стрелках огромных часов. Вы, наверное, уже догадались, что ползали ребята опять по полу, соответственно на нём и зависали.

Ну и как же без Джеймса Бонда? Бессмертный эпизод из «Живи и дай умереть», когда Агент 007, точнее, заменявший его каскадёр, перебирался через водоём по спинам пяти крокодилов. Ребята улеглись на пол и по очереди бежали по спинам друг друга. В конце концов, для смеха к ним присоединились зрители и беготня под гомерический хохот публики продолжалась до самого конца зала и обратно. Соответственно, на экране эпизод фильма тоже бесконечно повторялся.

«Зелёные человечки». На летающей тарелке с другого конца Галактики прилетели инопланетяне, чтобы познакомиться с жителями Земли. Они смешные, доверчивые, постоянно попадают в нелепые ситуации. В предыдущем представлении один из них влюбился в земную девушку, и все его товарищи вызвались ему помогать. Девушка соответственно бегала от них и по сцене, и по экранам как угорелая. Особенно мне запомнился эпизод, когда «влюблённый» проник в квартиру своей возлюбленной и прилёг к ней на постель. Что было дальше, *можете себе представить.*

В этот раз «тарелочники» решили развлечь нас всякого рода инопланетными песнями и танцами. Мы с Па хохотали до слёз.

«Бэзил Пупкин, агент 00». Со своей командой и неизменной соперницей, а иногда и союзницей Матильдой Харвей, по-простому: «Мотя Харя».

Всё на старушке Земле перемешалось, мирового зла собралось столько, что и не разгребёшь. Агенты инопланетизма; свои – земные, доморощенные суперлшпионы и террористы; сверхинтеллектуальные роботы – с такой братией не соскучишься. Сюжет на сей раз оказался прост до умопомрачения: сбежал из сумасшедшего дома со своими приспешниками очередной претендент на лавры властелина мира. На них-то и ведёт охоту команда Пупкина, чтобы вернуть «властелина из пластилина» в назначенную ему блюстителями закона среду обитания.

Одним словом, было на редкость весело, однако главный сюрприз нас ждал в финале. «Остриженного», казалось бы, навек законопаченного, Пупкина помиловали. Олег Валяев воспользовался таки своим правом «казнить и миловать» и вернул легендарного Мегаагента к родным пенатам. Вот радости то было! Я, кстати, тоже млел от восторга, незадолго перед тем чуть было, доведённый до отчаяния, не пригласив в гости сидевшую рядом со мной поклонницу «зелёных человечков», один к одному в их наряде. Хотя риск был очень велик: вдруг она и в самом деле инопланетянка?

ГЛАВА 4

Вшивая свинья.

«У меня пала корова…».

Сапожник и… сапог.

«Художник – это дитя…».

– У нас закончились деньги. Совсем. И занять больше негде, – со вздохом проговорила Ма вскоре после нашего возвращения домой.

Я не помню, какой это был день недели: понедельник, вторник, четверг, но, несомненно, он был одним из самых чёрных в нашем и без того многострадальном семейном эпосе.

Совсем как в той знаменитой крыловской басне про стрекозу и муравья. Мы не стали упрекать Ма, хотя она, конечно, могла бы и пораньше сообщить нам это «пренеприятное известие» (Н. В. Гоголь «Ревизор»). Думаю, ей просто хотелось продлить по максимуму наш розовый сон, но не исключено, что «известие» оказалось для неё таким же сюрпризом, как и для нас с Па.

Надо отдать нам должное – мы тут же включились в решение проблемы.

– Всему когда-нибудь приходит конец, – философски отметил я. – Придётся признать наше поражение. Да и не могло быть никакой победы. Мы хорошо повеселились, позади у нас одно из самых лучших воспоминаний нашей жизни, но праздник закончился и сейчас нам пора возвращаться в суровые будни. Устроимся на работу, заживём, как жили. Какие ещё могут быть варианты? Ну а пока недельку-другую просуществуем на зарплату Ма.

– Нет никакой зарплаты, – хмуро

ответила Ма. — Она вся уйдёт в уплату за долги. Те, в которые мы влезли ещё до того, как вас поместили в «ящик».

— Да, да, понимаю, — пробормотал я. — Наш возлюбленный Кабинет.

Конечно, зарплата Ма была крошечной, мы никогда всерьёз на неё и не рассчитывали. Добытчиками в нашей семье были мы с отцом, Ма — хранительницей очага. Это было со всех сторон «удобно, выгодно, надежно», беда только, что мы оказались плохими добытчиками.

— Может, что-нибудь продать? — задумчиво проговорил Па.

Но что мы могли продать? Новый навороченный компьютер? Наш архив, с таким трудом и азартом собранный Ма? Кому он был нужен?

— Выход один, — выразил наконец общую мысль Па. — Взять кредит в банке.

Небольшую сумму на небольшой срок.

Хоть мысль и была общей, я поспешил возразить.

– Это не выход, а первый шаг к тому, чтобы оказаться в итоге на улице. Самыми что ни на есть заурядными бомжами. Ну а дальше – возможно, уже до конца жизни – основное наше занятие будет в том, чтобы осознавать всё глубже и глубже две большие разницы: одно дело – жить в своей квартире, и совсем другое – квартиру снимать.

– У нас контракт, – тихо проговорил Па. – Ты забыл об этом?

– Наплевать на контракт. Я имею в виду – такой контракт, – вспылил я. – Что он нам даёт? Ничего, абсолютно! Одна кабала. «В пампасы!» Срочно «в пампасы!» Пасти коров, стричь овец. Да что угодно! Лишь бы работать.

– Может, сократить какие-нибудь

расходы? – неуверенно предложила Ма.

– Какие расходы? – горячо возразил я. – Отказаться от Интернета, сдать скупщикам планшеты, смартфоны? Как же тогда мы будем искать работу? Сейчас не каменный век. Контракт? Что они смогут с нами сделать? Засудят?

– Почему бы и нет? – пожал плечами Па. – Вот тут-то как раз мы вполне можем скатиться в такую яму, что лапы судебных приставов покажутся нам рукой помощи. Ладно, давай посмотрим ещё раз договор.

Собственно, мы знали его чуть ли не назубок, но всё-таки решили освежить в памяти. Лазеек не было, ребята его составляли грамотные. Я только представил себе, как мы окажемся в паучьих лапках Ильи Ароновича Пасмана, так сразу ощутил холодную струйку пота на спине.

– Нам нужно продержаться пару месяцев,

– подытожил наш экскурс отец. – После этого мы вполне вправе требовать нормальные гонорары за эксплуатацию своего имиджа. Конечно, большую часть из них съедят представительские расходы, но кто знает, может быть, нам повезёт? Ну а пока нужно просто набраться терпения. Думаю, Бог смилостивится и пошлёт нам кусочек брынзы, чтобы мы совсем не умерли с голоду.

– Реклама? – спросил я.

– Нет, эту версию я уже отработал, – покачал головой отец. – Может быть, после. Сейчас им есть смысл эксплуатировать только участников и лауреатов, они так прямо и заявили. Так что как ни крути, без кредита нам не обойтись. Но это не главное: за оставшиеся два месяца мы должны попытаться понять, с какой стати нас во всю эту историю затянуло. В интригах мы уже, слава богу, разобрались, однако что произошло с нами конкретно? Если, как ты утверждаешь, это и в самом деле была забава, пусть она так забавой и останется, но если судьба в кои веки послала нам шанс, а мы им не воспользуемся, не хотелось бы, чтобы это потом осталось на всю жизнь для нас гнетущим воспоминанием.

Я так понял, что говорил он исключительно о себе, для него этот шанс действительно был последним. Но со мной дело обстояло несколько иначе, и я не склонен был сейчас к жалости, слишком многое было поставлено на карту.

– Ладно, – кивнул я, – предлагаю вернуться к этому вопросу после ужина. Как я понял, речь идёт о наших творческих, не способностях даже и не амбициях, а возможностях. Вот здесь, на полках нашего Кабинета вполне достаточно арбитров, чтобы рассудить нас в этом вопросе. Может, они и выведут нас на верный путь?

Мы тут же засели за классиков, отец перед монитором компьютера, я пристроил на коленях планшет. Все наши страхи тут же были забыты, мы опять оказались объяты азартом, как во времена нашего пребывания в Беспредел-кино. Ма была явно не в восторге от такого нашего отношения к обозначенной ею проблеме, но не стала спорить, отправилась на кухню. Хотя, когда пришёл час нашего интеллектуального поединка, она была настроена выжать по максимуму удовольствие из того спектакля, который ей предстояло лицезреть.

— Итак, сегодня независимое и самое объективное в мире жюри должно окончательно и бесповоротно решить, — немного гундося для юмора, торжественно провозгласил я, — являемся ли мы людьми творческими, избранными или самыми обыкновенными, ничем не примечательными. Не помню, кто сказал эту замечательную фразу: «Нет своего ума, живи чужим!», однако на мой взгляд, те, кто ей когда-либо следовали, никогда не прогадывали. Даже в творчестве. А может быть, именно в творчестве. Внимание! Внимание! Сегодня два не слишком умных и явно не самых талантливых человека, тем не менее, грезящих о славе, почестях и материальных благах, скрестят шпаги в смертельной схватке с судьбой. Господа философы, многоуважаемые писатели всех времён и народов, наставьте их, бога ради, на путь истинный, не дайте излишне возгордиться и в то же время уползти в прежнюю нору затхлости и беспросветности с побитым видом. Мы вверяем наши судьбы в ваши руки, кому же ещё нам довериться? Итак, кто у нас первый на очереди?

— Гюстав Флобер, — торжественно провозгласил отец.

— Прекрасно! — захлопал в ладоши я, немного юродствуя. — Прошу вас, господин Флобер! Вам первое слово.

«Если вы станете думать о том, как извлечь из ваших сочинений выгоду, — вы погибли. Думать нужно только об Искусстве как таковом и совершенствовании собственного мастерства. Всё остальное вторично».

Па был верен себе. Я радостно хмыкнул. Гюстав Флобер, когда это было? Не самый, далеко не самый, лучший старт! И, кстати, не самая убедительная сентенция.

— Сэмюэл Джонсон, — торжественно провозгласил я. — *«Надо быть круглым идиотом, чтобы писать не ради денег».*

Ма, как раз и олицетворявшая в своём лице то «независимое и самое объективное в мире жюри», о котором я упоминал, водрузила на нос очки, достала невесть каким образом сохранившиеся со времён её молодости счёты и запулила мне первую костяшку. 1: 0. Что ж, поделом Па! Вопрос был сформулирован, как нельзя более чётко: «У нас кончились деньги!» Причём тут *«совершенствование собственного мастерства»*?

Отец пожал плечами и продолжил: *«Если является на свет книга, подобная взрыву, книга, способная жечь и ранить вам душу, знайте, что она написана человеком с ещё не переломанным хребтом, человеком, у которого есть только один способ защиты от этого мира – слово; и это слово всегда сильнее всеподавляющей лжи мира, сильнее, чем все орудия пыток, изобретённые* трусами для того, чтобы подавить чудо человеческой личности. Если бы нашёлся кто-нибудь, способный передать всё, что у него на сердце, высказать всё, что он пережил, выложить всю правду, мир разлетелся бы на куски, рассыпался бы в прах».

И кто бы такое забабахал? Генри Миллер! Сочинения которого, в частности, «Тропик Рака», «Тропик Козерога», многими считаются откровеннейшей похабщиной. И вдруг – на-те вам с кисточкой! – такой забубённый идеализм! Но я был бы не я, если бы достойно не выкрутился из этой ситуации.

– Что ж, Жюль Ренар прекрасно ответил бы на это: «Хорошо быть гениальным писателем, можешь быть свиньёй, навязывать другим свои пороки, своих вшей. И всё считается естественным....

Ма долго думала, но в итоге решила, что какой бы ни был этот Генри развратник и матерщинник, назвать его *«вшивой свиньей»* – всё же слишком. Счет сравнялся, стал 1: 1.

Па тут же продолжил, воодушевлённый успехом (временным, случайная удача! А может быть, необъективное судейство?):

– Ладно, ну а как вам лорд Байрон? Его то *«вшивой свиньёй»* уж наверняка никто назвать не посмеет. *«Одной капли чернил достаточно, чтобы возмутить мысль у тысяч, даже миллионов людей»*.

Господи, о чём он? Такой архаизм! Я тут же ринулся ломать строй с Николя Шамфором: *«Немало литературных произведений обязано своим успехом убожеству мыслей автора, ибо оно сродни убожеству мыслей публики»*.

Ма долго раздумывала, однако ясно было и так, что *«возмутить мысль у тысяч, даже миллионов людей»* мы с Па явно были не в состоянии – не те силёнки. Она со вздохом кинула костяшку в мою сторону. 1: 2. Всё-таки зря я её заподозрил в необъективном судействе!

Однако отец продолжал упорствовать, даже не успев понять ещё, что он угодил в ловушку:

– Сирил Коннолли, английский журналист, не знаете такого?

«Господи, да откуда?»

Я вполне мог опротестовать этого парня. Какой из него авторитет? Но решил для начала послушать, что этот англичанишка сморозил.

«Лучше писать для себя и лишиться читателя, чем писать для читателя и лишиться себя».

Па был очень доволен собой, но у меня в запасе была та ещё заготовка:

– Снова Жюль Ренар: *«Литература прекрасна. У меня пала корова. Я описываю её смерть и получаю за это деньги. Теперь у меня есть на что купить другую корову».*

Ма оставалось только руками развести. 1:3. Естественно, мы немного хитрили, никакого экспромта не было и в помине, пользовались каждый своей, тщательно подобранной, коллекцией афоризмов, но когда составлял свою Па, интересно? Ещё при социализме?

«Печально, что часто книги пишут люди, которые должны были подняться до этого ремесла, вместо того, чтобы снизойти до него». Генрих Лихтенберг, – пытался хоть как-то противостоять мосму натиску Па.

Я понял, что мой оппонент вот-вот готов обратиться в позорное бегство.

– Ну а как вам Оноре де Бальзак?

«Талант может пробиться только при том же условии, что и бездарность, – если ему повезёт. Более того, вздумай он отказаться от тех низменных средств, при помощи которых добивается успеха пресмыкающаяся посредственность, он никогда не достигнет цели».

И продолжил дальше кассетной бомбой, уже не дожидаясь возражений своего противника:

«Чем больше вникаешь в жизнь великих творцов, тем более поражаешься изобилию несчастий, переполняющих их существование. Они не только подвергались обычным испытаниям и разочарованиям, которые особенно сильно задевали их повышенную чувствительность, но и самая гениальность их, опережавшая современность, обрекала их на отчаянные усилия, так что они едва могли жить, а не

то что победить». Ромен Роллан.

«Художник – это дитя... у него всякая слеза превращается в алмаз. Злая мачеха – жизнь немилосердно бьёт это дитя, чтобы оно выплакало как можно больше алмазов». Генрих Гейне.

Па был в шоке, он никак не ожидал от меня подобной прыткости. Ему ничего не оставалось, как только признать своё поражение.

– Ты хочешь сказать, что *«Честные, здоровые и добропорядочные люди вообще не пишут, не играют и не сочиняют музыки...»?* – грустно подытожил он.

– Не знаю, к каким людям относил себя Томас Манн, изрекая эту фразу, но Джон Стейнбек вполне резонно мог бы ответить ему: *«По сравнению с писательством игра на скачках – солидный, надёжный бизнес».*

– Хорошо, и какой же из сказанного

следует вывод, – спросил отец и поднял вверх руки, признавая не просто поражение, а полную капитуляцию.

– Алес капут! – грустно подтвердила Ма, убирая счёты.

– Это не ответ, – упрямо покачал головой Па.

– Ответ очень прост, – ответил я. – Никакие мы не писатели, и никогда не станем ими. Но если мы отбросим затхлый идеализм, избавимся от соц(социалистической)наивности, то вполне можем заработать себе на хлеб с маслом любимым ремеслом.

– То есть, перестанем быть *«честными, здоровыми и добропорядочными»* и будет писать про дохлых коров? – грустно спросил Па.

– Нет, просто если проблема стоит: «У нас кончились деньги», то либо будем писать ради денег, не отказываясь *«от тех низменных средств, при помощи которых добивается успеха пресмыкающаяся посредственность»*, либо… займёмся игрой на скачках.

— Каким образом? Ты нас просто сокрушил своей эрудицией. Выходит, ты не только в коровах разбираешься, но даже и в лошадях? — Па был всё ещё убийственно остроумен.

Я посидел, подумал: как бы ему подоходчивее объяснить?

— Скажем так, я согласен на твоё предложение: мы возьмём кредит в банке. Но на очень короткое время: буквально на два месяца, не больше.

— Есть такие кредиты? — поинтересовалась Ма.

— Понятия не имею, — честно признался я. — Но узнать не проблема, доступ к Интернету нам пока ещё не перекрыли. Если мы бежим на короткую дистанцию, мы не можем писать что-то капитальное. Роман, к примеру. Хотя рассказы сейчас, как тебе прекрасно известно, никому не нужны.

— Ну а как же юмор? Вроде бы мы на нём специализировались? – спросил Па.

— Юмор сейчас тем более не в моде, мы на своей шкуре убедились в этом, забыл?

— Да, да, приколы, – согласился отец. – Что ж, будем продавать приколы.

— Тоже нереально. Перепроизводство. Полно ребят, особенно бывших КВН-щиков, которые давно уже занимаются этим профессионально. Но и их бизнес того и гляди сдохнет.

Па тяжело вздохнул. Мне было больно смотреть на него.

— Что ж, выходит, мы совсем ни на что не способны?

— Как не способны? — Меня уже начало раздражать его тугодумие. — Ты сам закрутил такую мощную штуку: конкурс, который вся страна смотрела и до сих пор смотрит, не отрывая глаз от телеэкрана, и говоришь, что ты ни на что не годен? Всё у нас есть. Всё, что нужно. Просто вопрос стоит, как эти способности нам реализовать. Пока мы этого сделать не в состоянии. Будем учиться. Главное — что пока другие почивают на лаврах, мы с тобой уже пытаемся заглянуть в будущее и ищем возможности в нём закрепиться. Помнишь, как у Кафки в его «Дневниках»? «Сегодня вечером я снова был полон боязливо сдерживаемых способностей». Так превратим же наши способности в реализованные возможности. Здесь, и только здесь проблема. У нас нет времени писать романы, хорошо, будем писать заявки на них. Вдруг где-нибудь клюнут, заключат с нами договор. Вот тогда-то мы и развернёмся. Ну а пока будем решать конкретные вопросы. Что мы с тобой сегодня, за такой рекордно короткий срок, выяснили? *Талант может пробиться только при том же условии, что и бездарность, – если ему повезёт».* Играем? Играем! Продуемся – спишем всё на судьбу и дальше рогом упираться не станем. Но попытаться, попробовать мы просто обязаны, как я уже говорил. Так?

– Так!

– «Низменные средства, при помощи которых добивается успеха пресмыкающаяся посредственность»? То бишь, краплёные карты, так как играть нам придётся с записными шулерами. Других вариантов игры нет. Играем?

Па поколебался немного, затем решительно вскинул голову:

– Играем!

– Ну и ещё куча вопросов. Например, техника совместного творчества. Либо мы вроде как лебедь, рак и щука, либо именно в этом наше главное преимущество: пишем вдвоём, значит, пишем вдвое лучше, вдвое быстрее. Но это уже задание на завтра. Покопаемся в книгах, попробуем зацепить что-нибудь в Интернете.

Мы посмотрели на Ма. Она всю жизнь проработала бухгалтером, могла бы сделать карьеру, дослужиться до Главного, но как это можно было сделать, имея на руках двух (меня и Па) маленьких детей?

– Что вы на меня смотрите? – ответила она. – Вы всё решили правильно. Вот только решить – это одно, а добиться своей цели – совсем другое. Будем добиваться. От себя могу сказать только: я всю жизнь в вас верила, но никогда ещё у меня не было столько оснований гордиться вами, как сейчас.

– Понятно, – пробормотал отец. – В переводе на русский это означает: ребята, я так рада, что наконец-то вы перестали мучиться дурью и взялись за ум. Но денег как не было, так и не предвидится.

На том мы и порешили.

ГЛАВА 5

«Третий – не лишний».

Вергилий с «хвостиком».

«Биты», «мусор», «горячий цех».

Гром среди ясного неба.

«Дом, милый дом!»

Любимая передача.

Что ж, надо признать, мы неплохо повеселились, но воз оттого ни на миллиметр не сдвинулся с места. Пришлось всё-таки рискнуть, и взять в банке кредит на два месяца. Условия были, соответственно, наиграбительские. Дальше мы углубились порознь в Интернет и начали пытаться искать хоть какой-то вариант выхода. К стыду своему должен признать, что Па и здесь меня обскакал. Я, сколько ни пытался, набредал на такие разводки, что даже не знал, плакать мне или смеяться.

— Литературные агенты, литературные агентства — нам нужен посредник. «Третий — не лишний». В старину без них не обходилось ни одно дело. Для того чтобы просто написать какое-нибудь прошение, письмо, жалобу, надо было знать столько нюансов: какую бумагу выбрать, манеру изложения, куда конкретно обратиться, да и почерк, грамотность тоже были немаловажны. Поэтому в трактирах обычно сидел какой-нибудь невзрачный человечек, который любому и каждому мог в этом отношении помочь.

Я задумался, затем кивнул:

— Хорошо, принимается, но что конкретно такому человечку мы сможем предложить?

Отец усмехнулся. Унижение моё

продолжалось. Немного покочевряжившись, чтобы набить себе цену, он ткнул меня носом в свой старенький ноутбук.

«Требуются сценаристы телесериалов».

Здорово! Особенно если учесть, что я всё это время рыскал в поисках материалов по литературному мастерству, правильному оформлению рукописи. Что дальше? Сколько времени нам понадобилось бы, чтобы написать роман? Совершенно тупиковая ситуация, учитывая цейтнот, в котором мы находились. Ладно, сериал так сериал.

— И с чего мы начнём? На пальцах будем объяснять?

— С «Нежной».

Я задумался. К тому времени мы уже ознакомились с кучей методик творчества вдвоём. В литературе таких аналогов («отец и сын пишут вместе») вообще не было, а во всех других случаях «великие» (братья Гонкуры, братья Стругацкие, братья Вайнеры, Ильф и Петров, Анна и Серж Голон, Буало и Нарсежак, и иже с ними) обычно отделывались шуточками на вопросы о том, как складываются их творческие тандемы, делиться всерьёз своими профессиональными секретами ни у кого желания не было. И то верно: кто пустит чужака на собственную кухню? Пришлось нам срочно вырабатывать свою методику. Первая идея состояла в том, чтобы набрасывать варианты каждый по отдельности, а потом уже их компоновать, безжалостно удаляя сор, ил, оставляя только самое лучшее. Параллельно мы подыскивали кандидатуру нашего лоцмана (или Вергилия), так как впереди нас, по всем прикидкам, поджидал настоящий ад, раем пока не пахло.

Первая дама запросила с нас 5 тысяч рублей только за прочтение нашего опуса. Мы ответили вежливым отказом: читать, мол, мы и сами умеем. Вторая предложила (уже от имени агентства, которое она представляла), составить договор, по которому она получала бы определённую сумму за свою возню с двумя несмышлёнышами. Но мы и её отфутболили. Мы уже знали расценки: 20% от гонорара, однако твёрдо решили для себя – нет гонорара, получи фигу с маслом.

Переговоры шли очень интенсивные, желающих развести двух начинающих сочинителей-дурачков было выше головы. Мы списывались по электронной почте, разговаривали по телефону, хотя предпочитали в первую очередь Скайп. Наше счастье, что мы жили в Москве и в любой момент могли с очередной кандидаткой по наши души (точнее, по наш карман) встретиться. Позже мы узнали, что посредники именно в этой сфере не нужны, в литературе – другое дело. Но одна смешливая девчонка с немного раскосыми глазами и жиденькими волосами, гладко зачёсанными в «хвостик», всё-таки заинтересовалась нами. Другое наше счастье было в том, что мы, хоть и были совершенно «от сохи», но всё-таки с фишкой – свежеиспечённый продукт (просто с пылу, с жару) новейшего всероссийского литературного шоу-реалити.

Марта быстро просмотрела заявку, которую мы ей послали, и уже через десять минут нам пришёл ответ: «Сократить максимум до двух страничек, и чтобы не было ни одного лишнего слова». С этой минуты мы поняли, что в этом «мире пинг-понга», иначе его не назовёшь, не только лишних слов не любят, но и каждая минута ценится на вес золота. Заявка долго болталась туда-сюда, затем Марта взяла её в работу, но предложила нам параллельно ещё и поучаствовать в «Проекте».

Не знаю, может, кто-нибудь сошёл с дистанции до нас, но уже имелась частично укомплектованная группа, деньги под «четвёрку» – четырёхсерийный сериал, готовая заявка и даже синопсис – краткий пересказ содержания «фильмы», как до войны говаривали, на четырёх страничках, но уже с предельной конкретностью. Нашей задачей было разработать на основе этого «конспекта» поэпизодный план сценария, так называемые «биты», по 20-30 страниц в каждом. С кем мы «бодались» в данном случае: с директором или режиссёром, мы так и не поняли, но дело всё равно шло через Марту, она же выслала нам образчики с похожего сериала. Вот тут мы и узнали, что такое «горячий цех». «Творить» приходилось с утра до вечера, буквально засучив рукава. Разными цветами маркера нам помечали, что выбросить в «мусор» («дорого!», «очень дорого!», «слабо», «никуда не годится»), что остаётся без изменений (практически ничего), что нужно доработать, переработать.

Ма тоже включилась в процесс. А тут ещё пришла наша заявка, с многочисленными изменениями её утвердили. Ура! Слава богу, мы уже знали, что такое синопсис. Написали, отправили, снова навалились на проект. Второе ура! Мы добрались до диалогов. Марта предупредила нас: если диалоги не понравятся, всё полетит в мусор. Но уж тут-то подкачать! В диалогах! Мы были на седьмом небе от счастья.

— Привет, ребята! Вы что, телевизор совсем не смотрите? Или какую-нибудь халтуру нашли? — Римма Аракеловна была в ярости. — Через неделю заключительный концерт в «Олимпийском», а от вас ни слуху, ни духу. Максимум через два часа жду вас на месте.

Гром среди ясного неба, как такое ещё назвать? Мы с Па смотрели друг на друга, но не видели ни шиша. Вот оно, где бомба сработала. Что мы напишем потом, куда понесём свои вещи — всё это были только страшилки, но на время проведения конкурса по условиям договора мы были рабами, и не дай бог ослушаться нам своих хозяев.

Нищему собраться — только подпоясаться, первым делом мы позвонили Марте, объяснили ситуацию. Эмоций мы не дождались, сразу последовал вывод:

— Ребята, в нашем мире так не принято — подводить кого бы то ни было. Конечно, вас можно понять, но мне плевать на ваши заморочки. Поэтому слушайте внимательно — для глухих два раза обедню не служат. Во-первых, обо мне можете забыть навсегда, во-вторых, если меня спросят когда-нибудь, как мне работалось с вами, врать я не стану. Проявлю максимальную объективность. В-третьих, не в моих правилах даже начинающих обижать, договоров у нас не получилось, я принесу только деньги, чтобы был полный расчёт. Вам дали два часа на сборы? Очень хорошо! Как вы называете ваш домик? Беспредел-кино? Надеюсь быть там перед дверью чуть раньше вас. Учтите, я никогда не опаздываю.

Что мы могли сказать в ответ по громкой связи? Что-то промычали, не более того.

«Дом, милый дом!» Нас встретили с непривычной сердечностью. Естественно – мы были уже не конкуренты. Римма Аракеловна, завидев наши мрачные физиономии, вздохнула с облегчением: комплект наконец был полный.

Нас сразу вовлекли в работу: на мониторе у каждого висел сценарий предстоявшего шоу, в четверг ожидался уже тракт – прогон, генеральная репетиция аж в самом «Олимпийском». Нам не из чего было особенно выбирать: всё тот же ужастик «Ожившая в морге». Все наши записи были бережно сохранены, в том числе ролик столь памятного выступления, в котором мы бились насмерть со «Школой магии» и Ужас-с-ом.

Надо отметить, что пусть даже небольшой опыт в «горячем цеху» сильно изменил нас. Мы научились не разбрасываться по мелочам, даже словарный запас использовали строго по назначению. Единственно, что мало улыбались, очень сложно было переключиться. К слову, Марта сдержала все свои обещания: пришла вовремя, вручила нам заветный конверт, и лишь одним нас удивила – когда на прощание попросила у нас автограф.

– А что? – с улыбкой ответила она. – «Перья» – моя любимая передача, ни одной не пропустила, болела за вас, но уж больно вас быстро вышибли.

Она и внешне выглядела по-другому: «хвостик» распустила, приоделась, улыбками расцвела.

– И на концерт придёте? – удивился я.

– Странный вопрос. Конечно! Хотя билет с большим трудом достала. Удачи вам, – помахала она нам рукой на прощанье и побежала к метро.

Но ещё больше мы удивились, когда ознакомились с содержимым конверта, который Марта нам преподнесла. Мы конечно знали, что профессия сценариста ещё в СССР была одна из самых высокооплачиваемых, но чтобы нам, начинающим, да за полуфабрикат такие денежки отвалить (конкретно, промолчу)…

У каждой из команд были отобраны для заключительного представления лучшие номера, три финалиста, сверх того, должны были пройти дополнительный конкурс, название которого оставили наше, без изменений: «Другие способности».

Кто прошёл в финал? А вы сомневались? Конечно, Ужастик, «Кошки» и «Школа магии», кто же ещё?

ГЛАВА 6

Джоан Роллинг.

Отечественный автопром.

«Бедный Йорик».

Девушка в чёрном.

Секунда X.

«Я уеду жить в Лондон!»

Мы блестяще отработали свою сцену. Собственно, в тот вечер все были на высоте, даже «Кровные сёстры». Ужастик исполнил свою знаменитую песенку «Любовь будоражит кровь», «Кошки» повторили свою не пародию, а скорее, вариацию на эпизод из одноимённого мюзикла Ллойда Вебера. Что касается «Школы магии», то мы с Па ничего не смыслили в «поттериане», не прочитали ни одной книги Джоан Роллинг, не посмотрели ни одного фильма, так что всё, что нам было доступно: ограничиться констатацией таланта и мастерства членов команды. Для нас они были, как инопланетяне. Что нам ещё оставалось? Только удивляться, насколько много и у книги, и у «магов» было поклонников, как благодарно и восторженно реагировали зрители на каждую из их фишек, понятных только посвящённым, а также тому, что этой волшебной серии все возрасты были покорны. Зрители приходили целыми семьями. Нам бы такую аудиторию!

Тем не менее, напряжение сказывалось, все ждали заключительного конкурса. Авто, запланированное в качестве приза за первое место, красного цвета, отполированное до блеска, стояло в углу на постаменте, завораживая своей притягательностью и загадкой: кому же оно достанется? Казалось бы, всего лишь Lada Vesta, отечественный автопром, но представлена она была мастерски.

Первой в бой вступила «Школа магии», ход, который они придумали, был весьма неожиданным — они демонстрировали фокусы, клоунаду, самые разные номера. Как мы позже узнали, среди них, в основном, были студенты и даже выпускники цирковых училищ. Всё это было настолько захватывающе, зрелищно, что на какой-то момент нам показалось, что соперников у них просто быть не может, вопрос лишь в том, поместятся ли они все в выигранной ими машине.

Мы с Па сидели на скамейке для участников, отыгравших своё, и активно поддерживали ребят из ведущей тройки.

Ужастик так и не сменил костюм, выйдя

на сцену с черепом «бедного Йорика» в руках. Зал надорвал животы от хохота. Да, силён наш Ужас-с, подумали мы, на самого Шекспира замахнулся. Вот Офелия была настоящая: лёгкая, воздушная, гибкая, как балерина. Ещё была тень отца Гамлета. Как вы думаете, кто её роль играл? Конечно, мой Па. Что делать, попросили, как он мог отказаться? Пародия? Да нет, пожалуй, та же, блестяще написанная и сыгранная, вариация. Особенно цеплял текст, он был неожиданно очень современен, актуален, причём не только для молодёжи, так что уже через первые пять минут хохот прекратился, и все слушали Ужас-са, затаив дыхание.

Да, Ужас-с вновь всех переиграл, но триумф всего только триумф, уверенности в его победе у нас с Па не было, уж больно сильное лобби было у «магов».

Публика была настолько переполнена

впечатлениями, что от «Кошек» никто ничего особенного уже не ожидал. Но когда появилась героиня из «Ожившей в морге» со своей неожиданной тенью, у зрителей, кажется, открылось второе дыхание. Сначала шло повторение нескольких крохотных эпизодов из нашего номера, затем метаморфоза – возвращение к своей «кошачьей сущности». Главный сюрприз состоял в том, что солировала на сей раз серая, «помоечная» кошка, а основная, холёная, чёрная играла теперь роль её тени, синхронно, «в унисон», повторяя каждое движение своей подруги-соперницы. Далее повторился в таком же порядке и номер с девушкой-вампирессой из знаменитого выступления Ужастика. Если в первом эпизоде, только в безмолвном, «задниковском», варианте, девчонкам подыгрывали мы с Па, то во втором за ними также безмолвно у авансцены, скрестив руки на груди, наблюдал Ужастик. Вот только в третьем эпизоде его не было, равно, как и моего Па. Офелия, опять же со своей тенью, казалось, заполнила собой всю сцену, показав недюжинные познания в балетном искусстве. Однако возвращения к кошачьим сущностям на сей раз не произошло. Сначала откуда-то появились маленькие ковбойские шляпки, затем сапожки… Ну, вы, наверное, догадались уже: загадочная Девушка в чёрном, вот только без сигареты и мундштука (цензура, ничего не поделаешь), прошагала не спеша к авансцене, повернулась в профиль и замерла. Её серая «копия» в той же синхронности повторив её движения, остановилась неподалёку. Затем последовала овация, которой мы совершенно не ожидали. Неужели на всех подействовало то обаяние, от которого мы застыли, как два суслика, увидев впервые, ещё в очереди, «мимолётное виденье», «гений чудной красоты»? Но, как видно, проняло.

Затем, после выступления ведущих, всё внимание переключилось на огромный экран на сцене. Итоги давались в ретроспективе, всё ближе приближаясь к секунде Х. «Школа магии», «Школа магии», «Школа магии», зал не просто пришёл в движение, он неистовствовал. В руках появились плакаты, портреты, рисунки, воздушные шары, дудки. Люди кричали, свистели, болея за своих любимцев. «Ужастик», «Ужастик», «Ужастик», тональность сменилась, но «поттерианцы» определённо были в большинстве. И вдруг – «Кошки», «Кошки», «Кошки». Зрители затихли в напряжении и даже разочаровании, никто такого исхода не предполагал. Лишь перед самым «Иксом» в «Секунде», словно запрыгивая в уходящий вагон поезда, снова пошло: «Ужас-с, ужас-с, ужас-с».

Зал взорвался, когда секундная стрелка остановилась. Недовольство нарастало и могло закончиться, чем угодно, администрация была совершенно не готова к подобному развитию событий. Сотни две-три «поттерианцев» потянулись к выходу. Однако большинство осталось на месте. Тут же включили на полную мощность своё обаяние ведущие. Они благодарили участников, устроителей, жюри, зрителей, трещали без умолку, не давая залу ни мгновения, чтобы опомниться. Наконец, я услышал сквозь кружевные словеса обращение к жюри. Встал Олег Валяев, вокруг мгновенно воцарилась тишина. Вот тут пауза была, только очень короткая. Наконец, Валяев торжественно произнёс в микрофон:

— Жюри, посовещавшись, вынесло свой вердикт: наше мнение целиком и полностью совпадает с мнением зрителей.

Гром аплодисментов, усиленный аппаратурой, заглушил жалкие воплики недовольных.

Ведущие приступили, не теряя ни минуты, к объявлению победителей.

Ужастик изобразил бурный восторг, с минуту прыгал от счастья и посылал в зал обеими руками свои «вампирские поцелуи», операторы негромко — «под сурдинку», транслировали его знаменитый хит. Затем Ужас-с боязливо приблизился к машине, открыл её вручёнными ему ключами, посидел немного внутри, даже поклаксонил, и только потом вышел к авансцене и поклонился.

«Кошки» тоже дико радовались, получив со вторым местом путёвку на две недели в город-курорт Сочи (ничего не поделаешь, импортозамещение), затем встали, на этот раз вместе, рядом с Ужастиком.

Трудно сказать, как закончилось бы представление, если бы ребята из «Школы магии» в дополнение к своему третьему месту не были фантастично вознаграждены: трёхдневная поездка в Лондон и запланированная встреча с любимой писательницей Джоан Роллинг. Удовлетворение и даже восторг были полными. Тем более что отчёт об их поездке (и встрече, разумеется) обещали показать в телеэфире. А оркестр потихоньку наигрывал столь знакомый мотивчик песенки «Я уеду жить в Лондон!», которая так прославилась в исполнении Тимати и Георгия Лепса.

Что можно было сказать? Теперь, как профессионалы, мы могли оценить по достоинству сценарий заключительного шоу.

Накал эмоций превзошёл все ожидания. Мы возвращались домой, вместе с Ма, разумеется, вымотанные до предела, но и не в меньшей степени счастливые. А вокруг никто даже и не подозревал, кто сотворил старт этого маленького чуда.

ГЛАВА 7

Перья–2

Лайза и Джоэль

Гонорар за выступление в «Олимпийском», а особенно деньги, полученные от Марты, с грехом пополам выправили наше материальное положение. Однако надолго ли? Мы вновь повисли в невесомости. Решался вопрос о нашей поездке по «городам и весям» с самыми удачными номерами из наших выступлений, в спешке писался сценарий, Римма Аракеловна постоянно созванивалась с нашими продюсерами, намечала на карте города, которые могли бы нас принять, но все построения тут же разваливались, когда дело доходило до чего-то конкретного.

«Фабрикой звёзд», «Голосом» или чем-то в том же духе здесь явно не пахло. Хороший шлягер можно слушать до бесконечности, а вот сценки, номера слишком запоминались, и по второму, а уж тем более, третьему, разу мгновенно теряли львиную долю своей привлекательности. Да и народу набиралось слишком много: одно дело – десяток каких-нибудь горлодёриков, и другое – несколько команд в полном составе. Костюмы, реквизит, транспорт, размещение, да и гонорар выкраивался мизерный, если его на всю ораву поделить.

– Ничего у них не получится, только опозорятся, – хитро улыбался Па.

Я так понял, что вот если бы ему доверили написание сценария, тогда другое дело – ужом бы выкрутился. Сам я в эту идею с самого начала не верил, и терпеливо ждал, когда же наконец дирекция от неё откажется, и можно будет заняться поисками новой работы.

Как раз так в итоге и получилось. Было объявлено о начале подготовки к шоу «Перья-2», на том наши неопределённости и закончились.

Мы с Па наконец вздохнули свободно, и переключились на более актуальные темы. Для начала посмотрели по телевизору наш заключительный концерт. Смотрелся он на экране тоже замечательно, но как-то по-другому. Мы записали его в Интернете, и долго сокрушались по поводу того, как легко, к примеру, досталась победа Кошке-тени. Достаточно было всего лишь маленького плакатика с надписью «Отдамся!», чтобы запрыгнуть настолько высоко. Но таков шоу-бизнес, с этим ничего не поделаешь, здесь везенье, порой, больше таланта значит.

И всё же по-настоящему наши мытарства начались тогда, когда мы занялись поисками работы. Даже у Па поначалу были трудности, но в конце концов они благополучно разрешились, а вот меня, сколько я ни мыкался, никто не хотел воспринимать всерьёз. Тут же узнавали, улыбались, шутили, поздравляли, вспоминали какие-нибудь особенно понравившиеся эпизоды, но когда дело доходило до чего-то конкретного, улыбки гасли. Наверное, ещё и потому, что нас считали миллионерами, хотя богачами нам не судьба была стать.

Как раз в один из таких моментов я и сломался, нервы совсем сдали. Помню, я что-то кричал в запале своим родителям: вроде как они неправильно меня воспитали, а на самом деле в этом мире ни шагу нельзя ступить без денег, и отныне я сделаю всё, чтобы любой ценой их заработать. И уж во всяком случае, такой растительной жизнью, как они сами, никогда больше не стану жить. Хотя, признаться, я понятия не имел, как и где эти проклятые деньги можно было заработать. Но зато с утра до вечера крутил в планшете шлягер из мюзикла «Кабаре» «Money, Money» в исполнении Лайзы Минелли и Джоэля Грея.

ЧАСТЬ ЧЕТВЕРТАЯ: «ГРЕНАДА, ГРЕНАДА, ГРЕНАДА МОЯ!»

ГЛАВА 1

«Откуда у хлопца испанская грусть?»
«Отдаться мало!»
Летающая тарелка из Марокко.
«Всё за банан!»

Я понимал конечно: Витька далеко не тот человек, перед которым стоило бы исповедоваться. Надо было, наоборот, что-нибудь с надутым видом вещать о наших совместных с отцом творческих планах, с какими известными на всю страну людьми мы поддерживаем сейчас знакомство, то есть, сделать всё, чтобы вызвать в Козле чернющую зависть, но мне надо было выговориться в тот момент. Неважно перед кем.

Надо сказать, что Козёл внимательно меня выслушал, у него и в мыслях не было смеяться надо мной.

– Хочешь, я помогу тебе? – спросил он в заключение нашего разговора.

– Да это бесполезно, – махнул я рукой, полагая, что он хочет замолвить за меня словечко перед начальством на моей прежней работе.

Это и в самом деле было исключено, абсолютно дохлый вариант.

– Я не о том, – покачал головой Козёл, пододвигая ко мне как само собой разумеющееся счёт, который нам принёс официант в ресторанчике, где мы сидели. – Знаешь, куда я исчезаю каждое лето?

– Краем уха что-то слышал, – пожал я

плечами. — Вроде как ездишь за границу, подрабатываешь там. Удивляюсь только, с какой стати начальство тебя всякий раз отпускает.

— Да плевать я на них хотел, — ухмыльнулся Витька. — Ну уволят, что я работу себе не найду?

Как раз в этом я нисколько не сомневался, но я-то тут при чём?

— Я летаю в Штаты, и работаю там вовсе не программистом, а уборщиком в двух супермаркетах сразу. Работа ночная, через день, но у меня получается каждый день. Днём отсыпаюсь, телек смотрю. На большее сил не хватает. Зато денежку намываю. Конечно, подворовываю немного, другие разные фишки есть. Но это детали. Так вот, если хочешь, могу тебя взять с собой. Вдвоём было бы сподручнее. Но естественно за комиссионные.

– Не могу, – с грустью покачал головой я. – Билеты на самолёт, оформление – у меня просто нет таких денег.

– Займи.

– Нереально. Мы и так с отцом в долгах, как в шелках.

– Ладно, – подумав, рассудил Витька. – Ну а если я оплачу все расходы, а ты отдашь долг там, на месте, тогда как? Вот только комиссионные возрастут с двадцати до тридцати процентов. Пойдёт?

А у меня был выбор? Естественно, я согласился. И вот сейчас с грустью смотрел на наш хилый контингент. Представитель той фирмы, в которой я оформлялся в Москве, посадил нас в автобус, и скоро аэропорт остался далеко позади. Двое ребят каким-то образом ухитрились «заторчать» почти сразу же после прилёта: то ли провезли что-то с собой, то ли здесь, уже по прибытии, чем-то разжились. Как вы, наверное, догадались, Витька обманул меня. То ли с самого начала захотелось надо мной поиздеваться, и бизнес у него был совсем другой, то ли просто в последний момент передумал. С отчаяния я готов был согласиться на любую работу, лишь бы не раскрывать родителям, как легко я дал себя провести, вот так я и принял совсем уж идиотский вариант, который Козёл мне взамен предложил: Испания, уборка апельсинов. Сначала я не поверил своим ушам: какая Испания, там же кризис, безработица рекордная. Но, оказывается, чудеса возможны. Естественно, мне сулили золотые горы, естественно, я не очень-то верил этим словам, но апельсины так апельсины.

По прибытии на место мы подписали

какой-то договор, затем хозяин щедро расплатился с агентом. Готово, бараны были острижены. Хозяин взял не всех, долго присматривался к каждому, остальных агент повёз в какое-то другое место. К моему удивлению, наркоманы без всякого труда прошли этот своеобразный фейс-контроль.

Нас расположили в ветхом, открытом всем ветрам бараке, где кроме тумбочки и кровати никакого индивидуального имущества не полагалось. Женщин сразу же отселили в соседний аналог нашего «palacio» («дворца»). Разумеется, все удобства были во дворе. Там же несколько умывальников и душевых кабинок, в которые приходилось выстраиваться в очередь. Никаких занавесок в этих душах предусмотрено не было, вода нагревалась в больших бочках наверху солнцем, так что в плохую погоду, что под дождём, что под душем стоять — было одинаково. В общем, Европой здесь определённо не пахло.

После ужина нам рассказали о том, как мы будем работать: всё в основном сводилось к штрафам. Норму не выполнил – штраф, проспал – штраф, шлялся после отбоя, мешал спать другим – штраф, грубо ответил надсмотрщику – тоже штраф.

После «обильного завтрака» на следующий день: стакан кислющего вина, кусок козьего сыра, миска кукурузной каши, нас повезли на место работы. Это было конечно потрясающее зрелище: нескончаемые ряды апельсиновых деревьев, густо обвешанных плодами. Для тех, кто не знает, сообщаю: колются «потрясающие деревца» не хуже роз, а плоды (ну как может быть иначе) располагаются преимущественно в глубине кустов. Просто рвать их нельзя, полагается специальными ножницами перекусывать черенок.

Так начался мой кошмар. Я никогда не считал себя слабаком, но здесь уставал настолько, что вырубался при каждом удобном и неудобном случае. Штрафы так и сыпались на меня, но я не придавал им особого значения до тех пор, пока одна из «соотечественниц» как-то сказала мне, покачав головой:

— Парень, ты не уедешь отсюда, работаешь в минус, даже денег на самолёт не соберёшь. Так нельзя. Откуда хоть ты такой взялся? Ах, москвич, ну тогда понятно.

Я не знал, что ей понятно, но стал присматриваться к окружающим. До этого мне представлялось, что я ничем среди других-прочих не выделяюсь. Но всё оказалось иначе. Даже «торчки» — удивляюсь, зачем они приезжали сюда (их здесь, оказывается, чуть ли не считали за «своих»), ведь в России такого зелья сейчас, как грязи, и то после дозы работали как сумасшедшие, к обеду уже выполняли норму, зато потом куда-то напрочь исчезали. Что говорить о женщинах? Сильна русская глубинка, они делали норму втрое-вчетверо больше меня, да ещё шутили, смеялись по любому поводу, песни пели.

Постепенно, я – «Москва», так меня все прозвали (как будто я один был из Москвы, а может и один, точно не знаю) сделался предметом насмешек для всей нашей небольшой колонии. Но я ничего не мог поделать, как я ни старался, ничего у меня не получалось: к вечеру мышцы, особенно спины, совершенно деревенели, я не мог ни рукой, ни ногой шевельнуть.

«Интересно, – думалось мне, – а что здесь делают с такими, как я, неудачниками?

Сажают в тюрьму? Берут в заложники, чтобы родные денег прислали на обратный путь?»

Постепенно эта тема меня всерьёз заинтересовала, сделалась даже навязчивой идеей. Настолько, что однажды я решился спросить ту женщину, которая проявила ко мне неожиданное участие:

— Слушай, а что с такими, как я, здесь делают? У меня столько штрафов, впору свои приплачивать. Точно на обратный билет не наберу.

— Не знаю, — ответила та с кривой усмешкой.

— Как не знаешь? — удивился я, — Ты же не первый год здесь.

— А таких чудаков, как ты, здесь ещё не бывало. Вот и решать в первый раз придётся. Может, на кол посадят, а может одно место оттяпают, в залог возьмут.

Я промолчал. Зачем она так? Ну понятно, здесь все конкуренты, но могла бы просто не отвечать. После долгих размышлений я пришёл к выводу, что беспокоиться на сей счет мне особо нечего – вернусь со всеми в Москву, ясно, что никто здесь держать меня не станет, но вот по возвращении, уже в Москве, фирмачи сначала предъявят мне какую-нибудь кругленькую сумму, а если заартачусь, могут и на счётчик поставить. Штрафы мне спишут, ясен пень, но за обратную дорогу так и так нужно будет заплатить.

Перспектива была не из радужных, и я подумал, раз уж чёрт привёл меня сюда, зачем мне так скоро уезжать? Ведь я могу сбежать отсюда куда угодно, а документы – ну и леший с ними, пусть так и лежат у моих «благодетелей-работодателей». Готовясь к поездке, я в Сети много встречал материалов о нелегалах, некоторые крутились здесь, в Европе, годами и даже ухитрялись в конце концов вид на жительство в какой-нибудь из стран получить. Ну а уж выслать-то, как раз то, что нужно – пусть сами и высылают. Тюрьмой европейской меня испугали? Даже не смешно.

Не знаю почему, но такая идея показалась мне вполне здравой, вот только нужна была хоть крохотная сумма, чтобы добраться куда-нибудь в страну поприличнее. Испания меня почему-то совсем не воодушевляла. Лишь один человек мог одолжить мне деньги, но Валентина, а именно так звали мою новую знакомую, только руками развела.

– Я бы дала конечно, хотя обычно никому не верю, но здесь ни у кого нет наличных денег. Деньги только при окончательном расчёте, у хозяина. Мы просто расписываемся каждый месяц в ведомости, что кому причитается и больше ничего. Ты ведь расписывался? Слушай, я одно не пойму, зачем ты вообще сюда приехал?

– Заработать.

– Ну так и работай.

– Ты же видишь, не получается.

– Всё получится, втянешься. В первый раз со всеми так. С пустыми карманами не приедешь, хотя олигархом, понятное дело, не станешь.

Тут она вдруг оживилась.

– Ладно, хочешь, я тебе помогу? Только не бесплатно. За секс.

– Какой секс? – я ничего не понял.

– Обыкновенный, – без всякой тени стеснения ответила Валентина. – Как тебе объяснить? Обычно у людей, когда они заняты тяжёлой работой, это чувство притупляется, а у меня всё наоборот. Нужна разгрузка. Я уже чувствую, как меня начинает глючить на этой почве, ещё хуже, чем тех «психонавтов» по их части, – она показала в сторону «торчков».

– Слушай, а они-то где деньги на «дурь» берут? – спросил я. – Значит, деньги всё-таки можно попросить авансом?

– У них свой расчёт, безналичный, – раздражённо ответила Валентина. – Не влезай в это дело. Они приезжают без копейки и уезжают тоже, но и сами довольны, и у хозяина к ним претензий нет – норму делают, чего ещё надо? Насколько я знаю, у них здесь какие-то друзья, то ли по несчастью, то ли, наоборот, по кайфу. Во всяком случае, они не скучают, оттягиваются по полной программе. Но ты не увиливай, я тебе вполне конкретное предложение сделала.

Я не знал, что ответить.

— Ну а обычно, что ты в таких случаях делаешь? — спросил я просто ради любопытства.

— Нахожу мужика! — ответила Валентина уже со злостью. — У тебя что, такой потребности нет, или я тебя совсем не «цепляю»?

— Надо подумать, — ответил я уклончиво.

— Ну думай, думай!

Вообще-то мне подобное предложение вот так в упор впервые в жизни делали. Но я не осуждал Валентину. В конце концов, у каждого свои заморочки, особенно, если «глючит». Мой опыт по этой части был невелик, а уж потребностей при такой неимоверной физической нагрузке даже отдалённо в мыслях не возникало. И в то же время на своих планах удрать, мне по всей вероятности следовало поставить крест. Я мог удрать перед самым отлётом, там деньги Валентина вполне могла мне дать. Во всех случаях ссориться с ней явно не стоило, она была единственным человеком в этой части суши, который проявил ко мне хоть какое-то участие.

— Ладно, я согласен, — сказал я ей, пару дней промаявшись.

Самым удивительным было, что я оказался способным учеником: то, что мне никак не удавалось схватывать на расстоянии, при обстоятельном показе и некоторой тренировке сразу же начало приносить плоды, точнее состригать их с неведомой мне ранее скоростью. Я уже не так уставал, Валентина своей опёкой и неусыпным вниманием резко сократила число моих штрафов. Вот только с сексом была полная гибель. Трёх-пяти минут моей ненаглядной нимфоманке вполне хватало, чтобы насытиться, а потом она терпеливо ждала, когда я доведу дело до победного финала, а если я не укладывался в срок, просто элементарно подо мной засыпала. У меня естественно никогда не было секса со спящей женщиной и, надеюсь, никогда впредь не будет, хотя что-то в этом было, как я сейчас понимаю. Так или иначе в конце концов мне это надоело, и я решил прекратить наши отношения.

Валентина была в шоке от моих вывертов. Но я был неумолим.

– Нет, это не секс, – упрямо твердил я. – Может, для кошек, для собак это секс, но не между мужчиной и женщиной. Ничего страшного, найдёшь себе другого мужика, настоящего «мачо», на мне свет клином не сошёлся.

— Проблема не в «мачо», — Валентина взъярилась как кошка, — но ты выставил меня сейчас какой-то уродиной, тоже мне гурман нашёлся. До тебя никто не обижался, я всех устраивала. Скажи уж, просто хочешь обмануть бедную девочку. Я свою часть обязательств выполнила, а ты решил увильнуть в сторону? Конечно, зачем я теперь тебе нужна?

— Нет, это не секс, — стоял я на своём. Меня было не переубедить.

Какое-то время мы были в размолвке. Валентина с обидой посматривала иногда в мою сторону, но мне было наплевать, что она обо мне думает. Я не стал рекордсменом разумеется, но что-то у меня начало получаться, работал не хуже других, никто больше не дразнил меня «Москвой», и перспектива впереди была близкой и ясной: дождаться конца сезона и благополучно (то есть, по нулям) смотаться отсюда.

Однако Валентину моё поведение почему-то задело. Сначала она настойчиво на моих глазах кокетничала с надсмотрщиком, но видя, что на меня это не производит никакого впечатления, однажды пришла за мной в барак совершенно преображённая: без обычного старушечьего платка, в модной кофточке, короткой юбке, даже косметику где-то откопала. Я был настолько удивлён произошедшей переменой, что даже не сразу ответил на её: «Ну что, пошли?»

– Куда?

– Ты секса хотел? Я тут поговорила с подружками, кое-какими штучками они со мной поделились. Попробуем, а нужно, что-нибудь и сами изобретём.

Мы отошли уже достаточно далеко от бараков, когда я решился спросить:

— Слушай, ты ведь оказывается симпатичная девчонка, а выглядишь обычно как старуха. Зачем?

— Ясно, — усмехнулась Валентина. — Ты, наверное, думал, что мне далеко за тридцать, а я, наоборот, даже на год моложе тебя. Просто маскируюсь. Они здесь такие козлы, «симпатичной девчонке», как ты выразился, прохода не дадут. Не мытьём, так катаньем, но непременно добьются своего. А так я, как все — обыкновенная сборщица-уборщица. Между прочим, знаешь, как я апельсины-мандарины люблю — просто жуть. Но здесь особо ими не увлекаюсь. Вот когда они вылежатся, оранжевыми станут, тогда другое дело. Но я ем только марокканские, Испания — совсем не то. Такой сорт — «Вашингтон Нэвил» знаешь?

Теперь знаю, тогда не имел ни малейшего представления. Опыта в «страсти любовной» у нас было маловато, но что-то нам такое открылось, что мы просто не могли отлипнуть друг от друга. Тащились от всего буквально: от угольно-чёрного звёздного неба, от стрекотания цикад в ночи, от запаха трав, от нежной кожи друг друга. Иногда, снимая жёлтые шарики с куста, я ловил на себе ревнивый взгляд моей «возлюбленной», не смотрю ли я в чью-нибудь, другую, сторону, и мне становилось так смешно, что моя улыбка в конце концов и ей передавалась.

Но главное: мы говорили. И в этом было непередаваемое наслаждение. Я ничего не скрывал, ничего не приукрашивал: и о своих отношениях с родителями, что у меня до сих пор нет нормальной девчонки, что я решил разбогатеть и наслаждаться жизнью, а раньше жил неправильно, потому что копировал своих «предков», а у каждого поколения свои установки. Валентина рассказывала мне, в какой дремучей глубинке она живёт, какие там дешёвые цены, что за те полторы тысячи евро, которые она привозит отсюда, она может даже небольшую халупу купить. Но дом у неё уже есть, полностью обставленный. Что у неё много родни, друзей, подруг. Что если я хочу разбогатеть, то надо просто в Москве взять кредит в банке, а потом приехать к ним и скупить половину их городишки. И делать деньги, а все бандиты у неё знакомые, никто меня пальцем не тронет. Ну а потом опять в Москву вернуться. Уже с деньгами. А богатым, правда, быть хорошо. Лучше, чем бедным. Вообще, в бедности нет ничего хорошего.

Однажды Валентина-Клементина принесла мне карточку какого-то негритёнка.

– Красивый, правда? – спросила она.

Не знаю уж, что она находила в нём красивого, но я кивнул:

– Да, чувствуется, бедовый пацан.

– Мой, – гордо похвасталась она. – Я его Серёжей назвала. Смешно, правда? Такой чёрненький, и Сережа.

Я спокойно на это прореагировал, только уточнил.

– Здесь залетела?

Валентина кивнула, вздохнув.

– Он был не такой, как другие его сородичи. Стройный, ласковый, образованный. Даже по-русски немного говорил. Ты не ревнуешь?

С какой стати мне было ревновать? Испанец, марокканец, какая мне разница?

– А ничего там, в вашем городке, пацана твоего не притесняют?

– Нет, – улыбнулась она. – У нас ваших бритоголовых нет.

Когда дело дошло до рассказа о реалити-шоу (как я мог о нём промолчать?), Валентина слушала меня с неподдельным интересом, но молча. Долгое время этот участок моего мозга был как бы заблокирован: уж слишком резким выглядел контраст между тем, что я представлял собой тогда и кем ухитрился стать сейчас, да и не покидало меня некое сознание предательства в отношении отца. Сейчас я мог выговориться на полную катушку, лишь изредка спрашивая Валентину, не наскучил ли я ей своими рассказами. «Нет, нисколько», – отвечала она, но я чувствовал, что она либо не верит мне ни на грош, либо сама эта тема ей совершенно не интересна.

И лишь когда я иссяк, она вдруг стала припоминать такие подробности, о которых я давно забыл. Даже призналась мне, что болела тогда за нас с отцом всеми фибрами души и чуть телевизор не выбросила в окно, когда нас «остригли». А ещё она написала нам письмо, на которое мы ей естественно не ответили. Нам просто ни времени, ни денег не хватило бы, чтобы на все подобные послания ответить. Может, Ма всё-таки хотя бы просмотрела их, но на день моего отъезда, точно знаю, два мешка в углу так и оставались нетронутыми.

— Так ты меня узнала здесь, поэтому и решила помочь?

— Нет, — отпиралась Валентина, — как я могла предположить, что такой благополучный, «упакованный», как у вас говорят, человек вдруг на уборке апельсинов окажется, по-моему, ниже пасть уже некуда. Ты даже не показался мне похожим, просто ты из того разряда парней, которые мне нравятся, на которых я западаю. Понял?

– Что, я похож на марокканца? – с сомнением спросил я.

– Нет, но я тебе говорила, что он был необычный марокканец.

– Ну да, вроде как инопланетянин, приземлился на летающей тарелке?

– Нет, но понимаешь, он был лучшим, работящим, никто его не мог превзойти. А я таких мужиков очень уважаю, они самые надёжные, всё сделают ради семьи.

Конечно, я видел, как работают марокканцы – никакого сравнения с нами. Набрасываются на куст, как саранча, и уже через мгновение на нём ничего не остаётся. Ну а уж если этот был лучшим!

Я расхохотался.

– И что, я кажусь тебе надёжным? Да я безработный придурок, к тому же ещё потомственный неудачник.

Она покачала головой.

– Нет, просто ты ничего не понимаешь. В жизни. И не ценишь. Например, какие у тебя потрясающие родители, а ты их совсем издёргал. Знал бы ты моих родаков! Вот кто действительно неудачница, так это я. Но я своё место знаю и не рвусь в небеса. Ты, тот марокканец – всего лишь какое-то время побыть с вами – и то счастье, а замуж я выйду за самого обыкновенного русского мужика – выпивоху, балабола, но буду твёрдо держать его в руках, потому что и дом, и дача, и машина – всё будет моё, всё будет приобретено до свадьбы, и пусть он только вздумает уйти от меня – уйдёт с чем пришёл, а уж ежели богатенькой стать, то одна я в нашей Тьмутаракани никогда не останусь.

Мне ничего не оставалось, как только согласиться, что в её рассуждениях есть резон. В доказательство своего «фанатства» она предъявила мне вырезку из какого-то журнала, который я не видел: Па был на ней в своих знаменитых семейных трусах с цыплятками и белой майке, я в драных джинсах и чёрной футболке с надписью по-английски: «Very angry» («Очень злой»). Мир тесен!

Валентина пристрастно расспрашивала меня, можно ли в Москве так устроиться, чтобы заработать хорошие деньги, затем долго укладывала на бумажке в цифры, сколько стоят продукты, жильё, какие «отстёжки» алчным «ментам» нужно делать, и пришла к выводу, что овчинка выделки не стоит. Испания всё равно лучше. Говорят, ещё в Греции неплохо, но здесь она полностью освоилась, а там ко всему пришлось бы заново приспосабливаться. Да и риск большой: можно нарваться на бандитов и вместо греческих апельсинов в бордель какой-нибудь турецкий угодить. Ещё она поучала меня, что надо было не связываться с грабителями-фирмачами, а договариваться с работодателем напрямую. Что вообще всё зависит от квалификации: знать бы испанский, уже был бы совсем другой уровень и другие деньги. Хотя Испания конечно в Европе далеко не самая богатая страна и возможности здесь не самые лучшие, зато вполне терпимо относятся к нелегалам – если заплатить кругленькую сумму, лет пять вполне можно дуриком проболтаться, только, опять же, без всяких видов на будущее. Ещё рассказывала всякие смешные подробности: что выше всего в жизни испанцы ценят своё удовольствие, обожают заниматься сексом, очень необязательны, гулять готовы хоть до утра по малейшему поводу, худышки среди женщин совсем не в моде. Но я слушал её вполуха, я всё делал теперь машинально, просто пережидал, когда же наконец закончится мой апельсиновый рай. Я вспоминал дом, своих родителей, шоу на телевидении и никак не мог понять, как я здесь очутился. Но, наверное, не было другого выхода, чтобы осознать, насколько у меня раньше всё было в жизни хорошо, и каким дураком я был, когда вздумал повыёживаться.

Пришёл в конце концов день, когда нам выдали деньги в отдельных конвертах. Каждый уединился со своим богатством и реагировал по-своему на сумму, которую там обнаружил. Я был просто счастлив, что оказался не только не в минусе, но даже и заработал 437 евро, чуть меньше трети моего месячного заработка на прежнем месте работы. Валентина была расстроена: у нее оказалось на три сотни меньше, чем она предполагала при самом неудачном варианте. Разумеется, из-за меня. Но она быстро успокоилась.

Опять появился тот агент, по всему было видно, что жилось ему здесь весьма неплохо, он быстро доставил нас на том же стареньком автобусе в аэропорт и стал дожидаться очередной какой-то группы, может, это были просто туристы, а может, ещё какие-нибудь любители «подзаработать».

В самолёте мы сидели с Валентиной далеко друг от друга: я с «торчками», у которых был свой праздник, она с девчонками подливала потихоньку в минералку водку и обливалась, как и все они, горючими слезами, что вот приходится им расставаться, и как-то дальше жизнь сложится, соберутся ли они ещё раз в такую поездку? Затем, совсем уж по-русски, затянули песню. «Гренада, Гренада, Гренада моя!» Как видно, это был их своеобразный гимн. Иностранцы не прерывали их, даже благожелательно улыбались. Но ясно было, что второй песни они бы уже не выдержали.

«Откуда у хлопца испанская грусть?» Мне вдруг подумалось, а существует ли грусть марокканская? Как бы то ни было, стоило мне чуть-чуть задремать, как я тут же превратился в того стройного красавца, которого описывала Валентина. Мы сидели чинно за столом у неё дома, марокканец (я, только ну о-очень чёрный!) лепил какие-то фигурки из глины на продажу, Валентина вязала, а маленький «Серёжа» почему-то бегал по стенам, прыгал по комнате со шкафа на диван, с дивана на сервант, и никакой возможности не было его утихомирить. Тогда я пошёл на кухню, достал из шкафчика под замком банан и показал его издалека своему сыночку. Тот выхватил его у меня из рук и с радостным урчанием удалился в свой угол учить уроки.

— Ну что за воспитание! Всё за банан, всё за банан! — посетовал я и вернулся к своим фигуркам.

— Сам виноват, — покачала головой Валентина. — Балуешь парня. Кем он вырастет? Пастухом?

Я вдруг представил себе чернокожую фигурку с кнутом через плечо, и незаметно для себя вылепил её из глины.

— Смотри, что я сделал! — расхохотался я. — Интересно, кто-нибудь купит такое?

— Не-а, — в тон мне рассмеялась Валентина. — Лучше оставь на память. Будет чем Серёжку в случае чего припугнуть.

«Серёжа» тут же откликнулся на наш разговор о нём, схватил фигурку и прижал её к сердцу:

– Хорошо, очень хорошо. Мама (тут он показал на Валентину), папа (ткнул пальцем в меня).

Тон его слов был таким нежным, что я опять со вздохом потащился к шкафчику с бананами.

– Слушай, а как же он в армию-то пойдёт? – спросил я уже из кухни. – Не знаешь, в российскую армию принимают негров?

«Серёжа» тут же отозвался на слова «папы»:

– Армия – это хорошо. Армия – это хорошо.

Пришлось ему дать ещё сразу два банана.

ГЛАВА 2

Возвращение блудного сборщика апельсинов.

Хороший материал.

«Мы не писатели».

Вирус или не вирус?

С Валентиной мы попрощались ещё в Испании, никакой особой грусти по этому поводу мы не испытывали, всё было здорово, всё по-честному. Уже в Шереметьево-2 я воспользовался моментом и положил ей в кармашек сумки триста евро, которые она из-за меня недобрала на уборке. В конце концов, она не виновата, что связалась с таким неудачником, как я. Они опять куда-то собирались вместе, командой, вроде как в Краснодарский край («французские сады») на уборку яблок. Всё спорили, что выбрать: постоянную работу или вахтовый метод. Как говорится, мне бы их заботы.

Я известил родителей, когда прилетаю, но в аэропорту на момент моего прилёта никого из них не оказалось. Это был первый сюрприз. Вторым оказалось то, что меня довольно прохладно, точнее буднично, встретили дома. Приехал, ну и хорошо. Как будто я на пару дней куда-то отлучился в командировку, в которые вообще-то никогда в жизни не уезжал. Я насторожился. Внешне ничего не изменилось, но фактически наша семья как бы распалась на две части. Моя поездка, нелепая до идиотизма, сделала то, что мне не удавалось за всю свою сознательную жизнь: немного отрезвить моих «предков». Я вдруг понял, что теперь могу из них верёвки вить, что отныне и до тех пор, пока я смогу твёрдо руль в руках держать, моё слово во всех вопросах будет решающим. Поначалу это меня очень обрадовало: уж теперь-то я точно наведу в нашей семье порядок, теперь-то наконец мы как люди заживём.

— Ты уж извини, сынок, — прервал меня отец, едва только я начал делиться с ним своими испанскими впечатлениями. — Ты был прав, мы как-то привыкли считать тебя ребёнком, ну и увлеклись немного. Теперь всё будет по-другому. Мы виноваты перед тобой, но свою вину искупим. Я уже подыскал себе неплохую работёнку, кредит погасил, даже кое-какие денежки начал откладывать. Мы так считаем теперь с матерью: главное — дать тебе хорошее образование. Конечно, заграничный вариант нам не по карману, но здесь выбирай, что захочешь. Сейчас как раз пора поступать на подготовительные курсы. За меня не беспокойся, с материальным вопросом я не подведу.

Я попытался расспросить его о том, что можно новенького раскопать в Интернете, прессе по нашему шоу или нас совсем забыли, известно ли что о ребятах, с которыми мы вместе в конкурсе участвовали, но Па лишь пожал плечами:

— Извини, но я здорово подотстал в этом вопросе. Там посмотри, — он указал на Кабинет. — Мать до сих пор всё, что можно найти, собирает.

Мне стало больно до слёз: Па показался мне таким жалким, пришибленным. Какой же я дурак: сам всё разрушил. Валентина была права: подобные отношения в семье — один случай на миллион. А я всё потерял из-за своей глупости. Ещё больнее мне было сознавать это, когда я обнаружил, что отношения между Па и Ма остались совершенно прежними. Просто они пришли к выводу, что им нужно пережить какой-то период, помучиться со мной ещё лет пять, не больше, а потом они снова будут жить так, как и раньше.

– Я подумал, – продолжил отец, – тебе нет никакого смысла устраиваться на работу, очень нелегко будет после такого большого перерыва, даже с учётом курсов, знания восстановить. И ещё: нам с матерью очень хотелось бы, чтобы ты учился на дневном отделении, но решай сам. Единственное – помни: главное – первый диплом, дальше можно переучиваться до бесконечности. Можешь и за границу потом махнуть работать – как скажешь. А о том, что с нами было, забудь – не наше с тобой это дело. Суть проста: там, на шоу, мы подцепили с тобой что-то вроде вируса, сейчас вылечились. Ты Испанией, я – тобой. Я понимаю, ты моложе – тебя глубже зацепило, но время всё лечит.

«Как вылечило тебя?»

Я не стал высказывать эту мысль вслух, но знал точно: меня «лечить» бесполезно.

Что ж, раз уж такое разделение, теперь моё постоянное место – Кабинет. Я открыл дверь и прикинул, как буду обживать его. По сути дела, у меня были все условия для работы, Ма хорошо постаралась, все полки были забиты дисками DVD, журналами, папками с газетными вырезками. Я, не мудрствуя лукаво, вставил тот диск, который лежал на самом виду. Накрученная передача «Любовные истории». Наша директриса в расслабленной обстановке за столиком уютного ресторана рассказывала, как она познакомилась со своим мужем, как прекрасно складывались их отношения в начале романа, как замечательно они сейчас живут.

– Врёт и не краснеет, – проговорил, неожиданно появившийся на пороге Кабинета, отец. – Что-то ты увлёкся, парень. Мать просила напомнить: ужин готов. Этот сюжет я тоже посмотрел для смеха. Дурят нашего брата без всякого зазрения совести.

Я конечно прекрасно помнил эту «историю». Наша директриса – баба, сдвинутая на карьере, на своей работе. Трудоголичка невероятная, тем только и добивалась потрясающих результатов. А вот в личной жизни у неё почти до сорока лет был полный ноль. Затем познакомили её с одним мужичком, который до сих пор над ней измывается: просаживает на других женщин её деньги, всячески третирует, оскорбляет её, мат-перемат прямо на студии, куда он заявлялся в нашу бытность там, никого не стесняясь. Несколько таких материалов даже застряли у операторов. Но она никак не может от него освободиться: на почве позднего брака, или ещё по какой причине, уж не знаю, развилась от него полная зависимость. Единственное светлое пятно – дети, мальчик и девочка, да и то находятся под сильным влиянием отца. И вот тут такое наглейшее враньё по телевизору.

«Хороший материал», – подумал я, но предпочёл не высказывать свои мысли вслух. Ещё пару часов назад я только и ждал момента, когда с трепещущим сердцем предложу отцу то, что пришло мне в голову ещё в самолёте при подлёте к Шереметьево-2: написать о том, что с нами происходило на шоу, роман, но теперь приблизительно знал, что отец сказал бы по этому поводу:

«Зачем заниматься чепухой? Мы не писатели».

«Но ведь мы и сценаристами не были», – попытался бы возразить я ему.

«Вот именно, – многозначительно изрёк бы отец, подняв вверх указательный палец. Намекая на то, что эта затея – уже отработанный пар и ничего путного из неё не получится. – Кроме того, даже если бы нам удалось эту вещь на хорошем уровне написать, что само по себе нелёгкая задача, мы никогда и никому не смогли бы её продать. Кто это напечатает?»

Там, в самолете, предвидя подобные возражения, я был настроен весьма благодушно: «Господи, я что, не знаю своего па? Куда он денется? Чтобы мой отец да отказался от такой Панамы! Никогда этому не бывать!» Но так получилось, что я не только вернулся совершенно другим человеком сам, но и встретил совсем другими тех людей, которые были, остались и, надеюсь, останутся навсегда, мне дороги больше всего на свете.

ГЛАВА 3

«Панама, Панама, Панама моя!»

Два мешка писем.

Всё-таки вирус.

«Где-то на свете есть неслыханный разврат».

«Ладно, не мытьём, так катаньем», – усмехнулся я. Испания и в самом деле многому меня научила. Первое – пахать без устали от зари до темна. Конечно, так рвать себя в клочья, как там, я не собирался, но и у отца на шее сидеть у меня тоже никакого настроения не было.

Сами подготовительные курсы много времени не отнимали, но параллельно я набрал много левой работы по программированию со своей старой фирмы.

Витька Козёл уехал в Штаты навсегда, однако другие ребята продолжали относиться ко мне вполне нормально, тем более что на посредничестве им тоже кое-что перепадало. Ну и, разумеется, роман. Я начал с того, что принялся тщательно перерабатывать материал, который был собран Ма, постепенно стал вырисовываться и костяк сюжета.

С отцом на «творческие» темы я больше не заводил разговор, однако брал его буквально измором. Кабинет я оккупировал до такой степени плотно, что у него редко выдавались моменты даже, чтобы вздремнуть там на кушетке, не говоря ужс о чём-то большем. Особенно отец страдал от вынужденного безделья в выходные: не смотреть же с Ма её любимые сериалы?

С Ма у меня отношения оставались практически прежние, она была в курсе всех моих занятий, хотя разговоров на эту тему мы никогда не заводили. Я уже говорил, что Ма и Па были одно целое, так что ей ничего не оставалось, как только занять нейтральную позицию.

Второе – Испания полностью вышибла из меня впечатление, что на телевидении люди походя зарабатывают шальные деньги. Деньги даром нигде не даются, я это твёрдо усвоил теперь, а в том, что деньги – сила, мнения своего я не переменил.

Третье – уже реалити-шоу и работа в «горячем цеху» подарили мне колоссальный жизненный опыт, Испания завершила этот процесс. Я хочу сказать, что теперь мне уже не приходилось высасывать из пальца свою писанину.

Однако Ма всё-таки не удержалась: те два мешка писем, которые сиротливо ютились в углу кабинета, видимо, давно её раздражали, мешали с уборкой и однажды она предложила мне обработать «корреспонденцию». Мы с ней уселись на кухне и довольно быстро выработали общие принципы. Было вообще очень удивительно, что добрые две трети писем содержали просьбы, причём ярко выраженного материального характера, в основном разделяясь на два потока: «Брат Митька помирает, ухи просит», либо «У вас денег куры не клюют, а у нас на водку не хватает». Подразумевалось, что нам жутко повезло – вот так вознестись из грязи да в князи. Благодаря конечно им, телезрителям. И стало быть, мы по меньшей мере «деревянные» (рублёвые, хоть и не с Рублёвки) миллионеры и всем им по гроб жизни обязаны. Особенно нас умиляли списки игрушек, вещей, книг, которые «только в Москве можно достать».

Некоторые изъявляли желание донашивать за нас нашу одежду. Много было и таких, у кого негде было остановиться в Москве и они с удовольствием бы у нас погостили, дабы выразить нам своё восхищение, а заодно и по полной программе, на недельку по крайней мере, оттянуться в стольном граде нашей необъятной родины. Ну словом понятно.

Первый раз на моей памяти Ма что-то делала втайне от Па, и это её очень угнетало. Иногда она вздыхала, бросала в мою сторону жалобные взгляды, но я был неумолим. Однако надо отдать ему должное, мой Па определенно никогда дураком не был, и начал что-то подозревать.

— Ты готовишься работать на телевидении? — спросил он как-то, испытующе глядя на меня.

— Да, — спокойно ответил я, — ты же сам

сказал, что на заграницу ты не потянешь, а здесь, в России, я могу поступать, куда захочу.

— Ты хорошо подумал? — спросил отец всё с тем же сомнением.

Я пожал плечами.

— А у меня есть выбор? Все мои льготы послеармейские закончились, с абитурой, которая только что после школы и ВУЗовских репетиторов, тягаться вообще нереально, окончить какую-нибудь коммерческую забегаловку — и денег таких и смысла нет. А тут… — я развёл руки, показывая на стены, — любой творческий конкурс считай пройден на сто процентов.

Эту аргументацию я заготовил заранее, она была непрошибаемой, так что крыть отцу было нечем.

Я ожидал, что он молча пожмёт плечами и удалится на привычный диван смотреть телевизор, но отец предпринял последнюю попытку.

— Значит, всё-таки вирус, — задумчиво покачал он головой.

— Значит, всё-таки, — с некоторым вызовом ответил я. — Сам же меня туда затащил.

— Я не о том, — махнул он рукой, ничуть не обидевшись на мою дерзость, — ты знаешь, я тоже хочу попробовать. Ну когда ты закончишь институт. Мы с Ма уже говорили на эту тему, она со мной солидарна. Конечно, я понимаю, в моём возрасте карьеру уже нигде, тем более в этом мире, не делают, но я согласен быть там даже разнорабочим или осветителем.

Я буквально разинул рот от изумления. И это мой Па? Что же получается: все его искания, мечты, амбиции свелись вдруг к «подай-принеси-забей»? Кстати, чем они всё-таки там эти разнорабочие занимаются? Подают, приносят, забивают и водку пьют? Я вдруг ясно представил себе нас с ним в той комнате, половина которой была обставлена, полностью готова к съемке, а на другой свисали со стен ободранные обои, ноги тонули в грудах мусора. Естественно, мы с ним были на той, невидимой части, для камер недосягаемой.

— Я вот подумал, мои шансы теперь повышаются — может, ты там чего-нибудь добьёшься, ну и я с твоей помощью, что-нибудь получше должности разнорабочего себе найду?

Да, это была крайняя степень унижения. Только теперь я осознал, сколько невысказанных обид утонули в добрейшем, донкихотском сердце моего отца. По материалам, мной отсмотренным, я видел, что ещё несколько месяцев у нас сохранялись возможности в этом волшебном мире удержаться: участвовать в каких-нибудь экзотических шоу типа: «Напрягись или сдохни!», посещать всяческие встречи, тусовки, даже подрабатывать в рекламе, массовке. О сценариях в самых разных жанрах: от видеоблогов, семейных торжеств, корпоративных вечеринок до телесериалов я уж не говорю.

И тогда я не выдержал, заговорил о своих планах. Однако реакция отца было точь-в-точь такой, какой я и ожидал её.

«Зачем заниматься чепухой? Мы не писатели».

«Но ведь мы и сценаристами не были».

«Вот именно. Кроме того, даже если бы нам удалось эту вещь на хорошем уровне написать, что само по себе нелёгкая задача, мы никогда и никому не сможем её продать. Кто это напечатает?»

Каюсь, мне не удалось в этот раз остаться спокойным и удержаться от излишней горячности в разговоре. Я и так уже слишком долго, считай от самого дня прилёта, сдерживался. Так что не было ничего удивительного в том, что на сей раз меня буквально прорвало.

— Понимаешь, па, мы должны это запечатлеть. Во что бы то ни стало. Хотя бы для самих себя. Уверяю тебя, твоим планам насчёт телевидения это дорогу не перекроет. Между прочим, если поразмыслить, в этой идее нет ничего нового, во время тех наших приснопамятных поисков, когда мы решали: «быть или не быть», «способны или не способны», мы как раз вплотную к ней подошли, но почему-то сдались, отступили, точнее даже – отползли. Помнишь? «У меня пала корова…». Не понимаю, зачем было что-то изобретать, высасывать из пальца, имея на руках готовый превосходный свежайший материал? Так давай и напишем про эту сдохшую корову, а на вырученные деньги купим себе немного «паблисити»: попытаемся хотя бы на очень короткое время вернуть к себе тот, прежний интерес. И уж теперь-то мы рот не разинем, выжмем из него всё до капельки, раскрутим на полную катушку.

Ещё одна «домашняя заготовка». Па был добит ею окончательно. Я показал ему все материалы, которые мне удалось систематизировать: наброски сюжета, отдельные, практически полностью выписанные, сцены – объём работы был проделан колоссальный, и спросил:

– Ну так что, мы опять команда?

Он кивнул после некоторого раздумья.

– Ну а что делать? Ты не оставляешь мне выбора. Перед такими аргументами мне ничего не остаётся другого, как только лапки кверху поднять. Кстати, раз уж такой разговор у нас пошёл: начистоту, хочу извиниться перед тобой. Чтобы не осталось уже больше между нами никаких недоразумений. Каюсь, я не понял тебя тогда, когда ты выкинул свой дурацкий финт с Испанией. Злился сначала, ругал тебя на чём свет стоит, даже называл предателем, и только потом до меня дошло: это была необходимость, надо было во что бы то ни стало вывести меня из тупика, в который я сам себя завёл и о стены которого упрямой и тупой башкой до крови бился. То есть, любой ценой и как можно скорее вернуть меня к реальной жизни.

— Нас, — со вздохом поправил я Па. — «Нас» вывести. Мне ведь тоже было не сладко. Сначала... сначала я просто подыгрывал, даже посмеивался над тобой...

– …потом – бац! вирус, и мы вдруг стали командой.

– А как иначе? – пожал я плечами. – Как ещё можно пробить эти дурацкие, безжалостные, глухие ко всем страданиям и талантам стены?

– Только тараном, – согласился Па.

– Точнее, «упрямой и тупой башкой». И если их две, то у нас точно вдвое больше шансов.

– Какими бы глупыми, упрямыми эти головы ни были, – лукаво улыбнулся Па. – Кстати, насчёт «паблисити» – это ты там, в Испании, на ящиках для апельсинов прочитал? Убойный аргумент. Наверное, второй по силе после «дохлой коровы».

Мы дружно рассмеялись. Никаких недоразумений больше не было между нами. «Над всей Испанией безоблачное небо» – так, кажется, бубнило радио гордых идальго в день франкистского переворота? Ну а в Чили вроде как наоборот: «В Сантьяго идёт дождь». Но что нам Испания? И где, как не на помойке истории, сейчас генерал Франко, президент Аугусто Пиночет?

— Так, так, так, и что же, — противным гнусавым голосом первого переводчика забугорных фильмов, точнее, их контрабандных, пиратских копий времён Перестройки, медленно, тщательно выговаривая каждое слово торжественно проговорил я, — тебя не смущает пустота, циничность, продажность этого гнилого, развратного мира? Ты готов служить ему до конца дней своих? Всдь, что пи говори, а с «реальной жизнью» мы всё-таки разминулись.

— Покажи, где иначе? — усмехнулся отец, гнусавя в тон мне. — Я так думаю: нормальные люди, они везде таковыми и остаются. Ведь не всегда же побеждают подлейшие, иногда и им не везёт.

Мы переглянулись и, не сговариваясь, уже нормальными голосами процитировали в унисон очередную запись из наших любимых «Записных книжек» Ильи Арнольдовича (читай: Иехиела-Лейба Арьевича) Файнзильберга: «У неё была последняя мечта. Где-то на свете есть неслыханный разврат. Но эту мечту рассеяли».

ЧАСТЬ ПЯТАЯ: «СУДЬБА-ИНДЕЙКА»

ГЛАВА 1

«Угадай, кто?»

«И Серёжа тоже!»

Сын лейтенантов Сабашниковых.

Срубить гонорарчик.

Одна японская-преяпонская киностудия.

Папа Филиппок.

Я лениво ковырялся вилкой в тарелке, пытаясь сосредоточиться на том, что произошло, но мысли мои разбегались в разные стороны, как тараканы. Было от чего. Я только что вернулся из института «голодный, как чёрт», а сейчас не то, чтобы потерял аппетит – со мной такого никогда не случалось, а просто не получал обычного удовольствия от обеда, приготовленного моей Ма.

Роковая фраза: «Там тебе письмо».

Не знаю почему, но сердце моё сжалось от недоброго предчувствия. Никогда ещё Ма со мной таким тоном не разговаривала. Но ведь я сам дал ей поручение вскрывать эти дурацкие послания, которые до смерти уже нам надоели и, как ни странно, до сих пор ещё, хоть и не прежним мощным потоком, а всего лишь тоненькой струйкой, продолжали поступать. Поистине, психология телепотребителя непостижима: одни по прошествии многих месяцев вдруг спохватывались и выражали возмущение, что не получили ответа на крик своей души; другие будто специально дожидались того момента, когда мы заматереем в нашем ремесле (читай: бизнесе), чтобы запросить с нас побольше; третьи просто, а может, и не просто, хотели узнать, как сложилась дальше наша жизнь. Ну и много чего ещё в том же духе. Так вот Ма…

«Могла бы сказать и попозже, после того, как я поем», – проворчал мысленно я, но понимал, что Ма была вправе выразить мне в какой-то, пусть даже самой мягкой форме, своё неудовольствие.

Надо отметить, что за те полтора года, что я вернулся из Испании, произошло много событий, как радостных, так и не очень.

Я успешно сдал экзамены в тот институт, в который планировал поступить – ГИТР (Гуманитарный институт телевидения и радиовещания им. М. А. Литовчина), сейчас учился на первом курсе.

Мы с отцом написали наш первый роман, однако куда ни совались с ним, везде получали отказ.

Мы все трое вновь стали единой командой, и никто из нас не сомневался в нашем общем грядущем успехе.

Мы потихоньку восстанавливали старые связи, налаживали новые.

В общем, времени даром не теряли.

Наконец я допил третье: свой любимый, советского образца, компот из сухофруктов и взялся за конверт. Предчувствие, точнее, впечатление, которое произвела на меня реакция Ма, меня не обмануло, но я не стал уединяться в Кабинете – известие было слишком ошеломительным, предпочёл прогуляться по улице.

Долго мыкался, не в силах подобрать, где примоститься, затем спустился в метро. Первым делом вновь внимательно посмотрел на фотографию. Валентина, Серёжа, физиономию которого я уже хорошо изучил… И ещё один, третий, незнакомый мне персонаж, в ползунках, со сморщенным личиком. Ну и «пара слов», как говорят в Одессе, на обороте, которая, собственно, и поставила на уши обычно непробиваемую мою Ма: «Угадай, кто из них твой?»

Ещё было письмо, большое, обстоятельное, написанное от руки на нескольких листах ученической тетради. Начиналось оно фразой, написанной большими буквами: «Ну что, испугался?».

Дальше Валентина просила не сердится на неё за то, что она меня так разыграла; ещё – о том, что вспоминает меня иногда, была бы не прочь узнать, как обстоят у меня лично и в моей семье дела; много рассказывала о себе, о том, что этим летом (по вполне понятным причинам) так и не попала никуда на заработки, но ничуть об этом не жалеет, так как даже выиграла, занимаясь на полную катушку своим бизнесом. Заканчивался объёмистый и насыщенный опус подписью: «Твоя Валентина». Причём слово «твоя» было жирно подчёркнуто.

У меня от сердца отлегло. Господи, надо же так пугать людей? Я не имел в виду себя, просто уже понимал, что случилось: Ма по привычке вскрыла злополучное письмо, увидела фотографию, естественно, надпись на обороте, а само письмо читать не стала, так как сочла, что оно сугубо личное, проявив столь присущую ей деликатность. Теперь как-то нужно было ей всё объяснить. К примеру, какая непредсказуемая девушка эта Валентина. Что там, в Испании, у меня и в самом деле был с ней роман, но он конечно же никак не мог завершиться чем-то подобным-бесподобным, о чём она и сама пишет. Ну и о Серёже тоже.

Я быстро успокоился. Конечно, неприятный инцидент, однако потом можно будет даже от души посмеяться над ним. Теперь оставалось только решить, отвечать мне моей испанской пассии или не стоит. Поразмыслив, я решил, что ответить придётся, но только очень коротко, сухо: привет, мол, письмо получил, у меня всё в порядке, рад, что и у тебя дела обстоят хорошо. Чтобы сразу отбить у человека охоту к продолжению переписки. Собственно, о чём ещё мы могли дальше писать друг другу? Просто толочь воду в ступе?

В таком радужном настроении я пребывал не больше пятнадцати минут, затем понял, что всё не так просто, как я пытаюсь уверить себя. Своим письмом Валентина лишь обеспечивала мне пути к отступлению, но фотография была достаточно красноречива, говорила сама за себя.

Первое – почему Валентина написала мне только через полтора года, а не через месяц-другой после нашей поездки?

Второе – хоть Валентина и была человеком весьма своеобразным, однако подобные шутки были всё-таки для неё не характерны, так как она прекрасно понимала, что письмо может попасть не напрямую ко мне, а сначала в руки моих родителей.

Третье – она никуда не поехала летом на заработки. Где это записать?

Четвёртое – сроки предельно точно совпадали.

Пятое – ну сами догадались, наверное. Я думал, она достаточно опытная, как женщина, человек.

Шестое… Впрочем, так можно продолжать до бесконечности. Но что толку

– факт оставался фактом.

Самое обидное было в том, что как раз в это время в нашей с отцом беспросветности, наконец, что-то забрезжило. В одном издательстве, хотя собственно трудно было назвать его издательством: просто небольшой цех на территории дышавшего на ладан заводика, новоявленный Сытин или какой-то неизвестный потомок братьев Сабашниковых долго задумчиво взвешивал на ладони нашу рукопись, попутно изучая наши простецкие физиономии и непритязательную одежонку, затем со вздохом провозгласил:

– Ребята, знаете, в чём ваша ошибка? Вы написали вещь о позапрошлом снеге. Кому может быть интересна подобная фигня? Вас подвело, что вы сами были участниками описываемых событий, а оттого и съезжаете постоянно в документалистику, углубляетесь в какие-то памятные вам одним, но совершенно неинтересные постороннему человеку детали, ну а читателю нужна вещь художественная, развлекательная. Вот если бы вы всё это выдумали, да ещё наврали с три короба, получилось бы в сто раз занимательнее. А так… не цепляет. Собственно, я вообще не стал бы с вами вести этот разговор, если бы не эпизод с Испанией. Тут ничего не скажешь, написано лихо. Вот если бы вся вещь такая была!

Мы с отцом насторожились. Нам даже и переглядываться не надо было. Мы были уже не новички в литературе и понимали, что доброхотов в издательском бизнесе не бывает, да и советов за просто так здесь никто не даёт. Если человек занялся нами и что-то подсказывает, причём дельное, вывод только один можно сделать — он положил на нас глаз. Конечно, обдерёт, как липку, но с новичками по-другому и не бывает. Однако больше всего нас насторожила Испания. Мы с отцом расходились здесь во мнениях кардинально: эпизод конечно был очень яркий, но смотрелся он в сюжете, как на корове седло. И если действительн, взять его за образец, от самого романа камня на камне не останется.

«Сын лейтенантов Сабашниковых» не стал дожидаться нашей запоздалой реакции на его слова и начал высказывать вполне конкретные предложения.

— Ладно, два варианта на выбор: либо я покупаю у вас рукопись, как полуфабрикат, с полной потерей какого-либо вашего отношения к ней, либо даю вам редактора, указания которого вы беспрекословно будете выполнять, даже если они будут казаться для вас ударом ножа под сердце. Ну и договор, соответственно. Все права на издание мои, уж не обессудьте – условие непременное, как минимум, на пять лет.

– А гонорар? – тихо уточнил Па. Мог бы и не спрашивать.

– Гонорар – сказочный, – усмехнулся лже-Сытин, лже-Собашников, а заодно и лже-Маркс. – Пятьсот долларов. Обычный для вашего брата, новичков.

– Нам надо посмотреть договор, – сказал Па. – Если он нас устроит, мы его тут же подпишем.

Такой ход был неожиданным не только для меня, но даже и для «лже-лже».

Впрочем, чем-то удивить его было трудно, он тут же нашёл нужный файл в компьютере и начал вводить наши данные в предварительный текст-болванку. Мы воспользовались образовавшейся паузой и вышли, вроде как для того, чтобы ему не мешать.

— Права на пять лет совсем не означают издания. «Собакевич» может продержать нашу рукопись под спудом, а потом вернуть в том же виде, в каком мы её сдали, – сказал я.

— Но ведь нам дают редактора, неужели «Собакявичус» пойдёт на столь непроизводительные затраты, не ожидая ничего получить взамен? – возразил отец.

— Нас грабят, – снова вздохнул я. – Да и вообще, зачем такая спешка? Заберём проект договора, посоветуемся с юристом.

— Ну во-первых, где мы с тобой найдём юриста, который досконально разбирался бы в авторском праве? Не спорю, подобные редкостные птицы наверняка существуют в природе, хотя бы по теории вероятности, но ты уверен, что кто-нибудь из них окажется нам по карману? А во-вторых, мне почему-то представляется – если мы покажем себя слишком уж большими умниками по юридической части, кто с нами дело будет иметь? Поэтому у меня есть встречное предложение: давай лучше обговорим процент, который мы будем иметь с любых допечаток или переизданий. Кто знает, может какое-нибудь крупное издательство вдруг нами заинтересуется. Они договорятся между собой и наш тощий процентик превратиться в весьма нехилые «капустные» листики. А насчёт спешки… Вспомни, с нами уже такое бывало: мы можем прийти к нашему «Марксу-Энгельсу» на следующий день буквально, а он сделает вид, что вообще нас не знает – передумал, что тут особенного?

Я кивнул. Да, такое случалось. И не раз. И не только с нами.

– Ладно, берём быка за рога!

Между тем, «Маркс без Энгельса» решил

нас подковырнуть, спросив невинно:

– Кстати, я, наверное, что-то пропустил. Как насчёт логлайна, а лучше – синопсиса, есть ли они там у вас?

«Ни один мускул не дрогнул на их (в смысле, наших) лицах».

– Да, конечно, – с самым невинным видом кивнул Па и, воплощение серьёзности и деловитости, немного полистал рукопись. – Да вот же они: «Юмористическая семейная драма о том, как отец и сын пишут сценарий литературного шоу-реалити для телевидения и даже участвуют в нём. Их приключения, «судьба-индейка», однако упрямства им не занимать…».

Наш «Сытин» лукаво улыбнулся, я отвёл взгляд в сторону и вздохнул с облегчением. Да сценарная обкатка – «горячий цех» не прошли для нас даром: мы прекрасно знали, что означают слова «логлайн», «синопсис» –

краткое описание сюжета представляемого вами произведения (первое – предельно короткое, второе – можно чуть более развёрнутое). В данном случае проверку мы прошли на «отлично».

Вечером мы собрались на семейный совет. Несколько раз внимательно перечитали письмо, я рассказал всё как было, без утайки. Арбитром естественно была Ма.

– Ну, пока ты ни в чём не виноват. Дело молодое, всё по согласию, – вздохнула она. – Но что дальше? Что за человек твоя загадочная «испанка»? Беспринципная особа, решившая любым путём закрепиться в Москве? Неудачная шутница? Подружка, решившая напомнить о себе? На невинную овечку она явно не смахивает, да и не претендует, чтобы её так воспринимали.

Я последовательно изложил те,

заготовленные мною заранее, пять аргументов, а также вообще все свои соображения на сей счет. Ма кивнула и надолго задумалась. Неожиданно Па вмешался в разговор и напомнил нам, что Валентина упоминала про какое-то письмо, которое она посылала нам во время конкурса.

Мы тут же кинулись его искать, но не нашли в нём ничего интересного. Обычный текст. «Ребята, держитесь. Мы все: и на работе и дома, болеем за вас. Желаем вам обязательно победить. Вы самые лучшие». За подписью шёл отпечаток детской ладошки, испачканной в акварельной краске и приписка: «И Серёжа тоже!».

– Кстати, мы даже не знаем пол ребенка, – внёс свою лепту Па. – Кто он? Мальчик? Девочка?

– Ну, судя по цвету ползунков, внук, – со

вздохом проконсультировала нас Ма.

Мы с отцом переглянулись и вышли на кухню посовещаться.

Наконец, когда мы вернулись, Ма, как единственный и непревзойдённый в нашей семье специалист по телесериалам, вынесла выработанный ею вердикт:

– Я предлагаю сделать так: ты напишешь своей «незнакомке» письмо, в котором пригласишь её от нашего общего имени к нам погостить, ну а там уж, вчетвером, мы и выработаем общее решение. Ребёнка, если он твой, мы конечно не бросим никогда. Если ты её не любишь, после того, как вы поженитесь, без всякой помпы, понятное дело – разведёшься и будешь платить алименты. Насильно тебя жить с нелюбимым человеком никто не заставит.

Мне ничего не оставалось, как признать, что решение было на редкость здравое.

Действительно, в чём я был виноват?

Но отец, когда мы остались с ним одни, удивил меня.

– Между прочим, – сказал он, блеснув ставшими вдруг масляными, глазками, – как бы ни сложились дальше обстоятельства, из такого неожиданного поворота в твоих похождениях мог бы получиться неплохой сиквел! Причём вся фишка в том, что продолжение будет принадлежать только нам, так что можно будет за него и гонорарчик настоящий, уже не грабительский, срубить.

«Ну и семейка! – подумал я. – Куда нас всех занесло? Были люди как люди… Хотя сиквел и в самом деле мог бы получиться потрясающий».

И вот сейчас я перебирал в памяти свалившиеся, словно снежный ком на голову, события, ожидая прилёта Валентины.

Ответ мой ей и в самом деле был проще некуда:

«Здравствуй, Валюша!

Мы так ничего и не поняли из твоего письма, но всей семьёй приглашаем тебя к нам в гости. Когда выберешь время, обязательно приезжай.

Ма, Па и Я»

Почти сразу пришла телеграмма: «Вылетаю. Встречайте!»

Мы с отцом естественно уже вовсю работали над «Перьями-2». Причём то, как на самом деле будут развиваться события, нас совершенно не интересовало, лишь бы вышло позанимательнее и посмешнее. Работа с редактором над первой частью тоже продвигалась со скоростью света.

Но самое невероятное: из далёкой-далёкой Японии приплелось с черепашьей скоростью на ломаном-переломаном русском языке письмо, что одна японская-преяпонская киностудия, специализирующаяся на производстве фильмов аниме, была бы не против купить у нас за энную сумму идею «Ожившей в морге». Только идею естественно специалистов у них своих выше головы.

Естественно, за всем этим стояла Марта. Она каким-то образом простила нас, и от заявки довела замысел до «битов».

Мы созвонились, Марта сказала, что идея идеей, а один только синопсис нет никакого смысла продавать, надо срочно написать для солидности сценарий, а уж дальнейшая его судьба (по договору) нам пусть будет до лампады. Мы долго торговались с ней, затем всё-таки сошлись на варианте 40 + 60, в процентах, естественно. Затем в три руки быстро такую ахинею забабахали, что не всякий японец разберёт. Думали, ответа так и не получим. Но отклик пришёл и довольно быстро.

И теперь Па, как самый что ни на есть Филиппок, с невероятной прилежностью постигал азы профессионального мастерства на ВКСР (Высших курсах сценаристов и режиссеров).

ГЛАВА 2

Сурдорасшифровщик.

Анютины глазки.

Другие виды спорта.

Валентина растерянно озиралась по сторонам, одной рукой везя тяжеленный чемодан, а другой толкая перед собой детскую коляску. Серёжа конечно был тоже. Рядом. Шустрый мальчуган.

Когда я увидел мою ненаглядную «сборщицу», у меня камень с души свалился. Я вдруг понял, что ещё один заколдованный вопрос счастливо разрешился и мне не надо больше никого искать. Мой или не мой ребенок – какая разница? Такую девчонку я никак не мог упустить. Мне вдруг вспомнилось чернющее испанское небо, с южной щедростью густо усыпанное звёздами и вкус губ моей любимой. Подумать только: дважды судьба мне её посылала, а ведь я мог пройти мимо своего счастья!

Но теперь я как следует подготовился: дома нас ждал праздничный обед, приготовленный Ма, бананы и конечно же апельсины сорта «Вашингтон Невил». Кстати, разыскал я их с очень большим трудом.

Они все трое стояли сейчас передо мной. Сережа внимательно, исподлобья меня разглядывал. Валентина отвела меня в сторону.

Она долго не могла решиться на разговор, затем вздохнула:

– Извини, я не решилась раскрыть всю правду в письме, но я очень виновата перед тобой. Точнее, перед всеми вами.

«Понятно, розыгрыш!» – разочарованно подумал я, но не стал прерывать свою прекрасную «сеньориту», пусть выскажется.

– Ты конечно помнишь тот скандал, который разразился после того, как в одной, очень известной, газете был опубликован текст вашего разговора с Ужастиком. Хочу тебе признаться – я была его первопричиной. Просто мне стало обидно за вас, не только за тебя и твоего отца, вообще за всех участников, ну я и расшифровала страниц на десять диалогов, потом отправила письмо в свою любимую газету. Подумала, что после такого моего поступка, может, с вами будут обращаться по-человечески. Но результат оказался прямо противоположным, моё послание попало в нечистоплотные руки. Корреспондент потом связался со мной, прислал мне гонорар, просил и дальше с ним сотрудничать, но я уже поняла, что наделала, даже не стала отвечать ему, просто вернула деньги обратно. Не знаю точно, как там было, но, наверное, он нашёл кого-то другого, посговорчивее меня. Чего собственно и следовало ожидать. Дальше, думаю, тебе ничего объяснять не надо. Я написала покаянное письмо в адрес вашего шоу, но ответа так и не получила. Так что гони меня в шею обратно. Как ни поверни, выходят только два варианта: либо я дура, либо предательница. Ещё неизвестно, что хуже. Особенно мне тяжело было там, в Испании, хотелось тебе во всём признаться, но наши отношения и так висели на волоске.

Я минутку подумал, затем пожал плечами:

– Конечно, решать не мне одному, но, на мой взгляд, ты ни в чём не виновата. Да и вообще это было так давно. Совсем в другой жизни. Непонятно только, откуда у тебя такие весьма необычные способности?

– Это не я, – уныло покачала головой Валентина, – вон расшифровщик.

Она показала в сторону внимательно следившего за ходом нашего разговора Серёжи и сделала ему какой-то жест рукой. Тот молча кивнул.

«Вот те на, вот тебе и марокканец! Только в апельсинах силён, а здесь облажался, как говорят музыканты, не смог нормально дело до конца довести», – осенило меня.

Как бы то ни было, одно было хорошо: вопрос, принимают ли в российскую армию негров, или как положено сейчас говорить – «чёрных», явившийся мне из того памятного моего испанского сна, отпал сам собой. Хотя конечно оставались ещё скинхеды.

– Ладно, надеюсь, ты исчерпала весь

запас своих сюрпризов? – со вздохом спросил я.

– Да вроде бы, – Валентина сейчас полностью оправдывала своим видом выражение «повинную голову меч не сечёт».

Мы вернулись к оставленному сторожить коляску и чемодан Серёже.

«Знакомься – Анечка, наша дочь», – сказала Валентина, приоткрывая знакомое по фотографии сморщенное личико.

Я остолбенел.

– Ну, ты неисправима! Я же тебя спросил: сюрприз последний? Ма почему-то решила, что у неё внук, а не внучка.

Валентина недоумённо и даже немного испуганно посмотрела на меня, затем расхохоталась:

– Ах, вот ты о чём! Твоя мама так подумала из-за цвета ползунков. Ну ты уж прости, у меня столько после Серёжки барахла всякого осталось, сначала на тряпки хотела пустить, а уж коли так получилось, рассудила: не пропадать же добру! Ты очень расстроился?

Я пожал плечами.

— Я нисколько не настаиваю на точном соблюдении очередности. Просто учти – пацан за тобой.

— Иначе не успокоишься? – иронически спросила моя суженная, потупив взор.

— Даже и не надейся! – без тени улыбки подтвердил я. – И ещё, нам всем очень хотелось бы, чтобы ты переехала жить в Москву. У нас с отцом та-а-кой бизнес! Правда, денег он пока не приносит, но так уж сложилось, что мы себе без него своей дальнейшей жизни не представляем.

— Понятно, – вздохнула Валентина. – Телевидение?

— Да, – с таким же вздохом ответил я.

Валентина вновь потупила взгляд.

– Что ж, в семье все главные вопросы решает мужчина.

Какой я мужчина? Мы всю неделю прикидывали, как теперь будем вшестером в нашей «двушке» жить. На что? И сколько? Может быть, до второго пришествия Христа?

«Ладно, – подумал я, – не знаю, как жизнь, а вот сиквел уж точно получится потрясающий. Мы с Па и Ма – та ещё троица, но Валентина с Серёжей нам сто очков вперёд дадут. Надеюсь, хоть из Анечки что-нибудь путное получится?»

И вдруг… «Солнышко» открыло глазки. Посмотрело на меня невинным взглядом и такой следом раздался рёв!

Нет, понял я, с ангелочком здесь вряд ли получится. Наша порода. Та ещё.

И, кстати, я уже придумал, что им всем

троим подарить на день нашей свадьбы. Пригласить Ужастика. Если вернуться к тем моим размышлениям о дружбе, пусть так будет: он как хочет, а я как знаю – независимо от его отношения ко мне, я всегда буду считать его своим другом. Ведь то, что мы пережили на Проекте – не забывается. Ну а если он не согласится бесплатно, не грех будет ему, как актеру, и заплатить. Собственно, именно с такого варианта и следует начать приглашение, ведь сказал же он нам с Па в прошлый раз, после того, как признался, в ответ на наше предложение написать втроём сценарий какого-нибудь ужастика, что на шоу он участвовал не сам по себе, а устроители его просто наняли, чтобы и представление позанимательней выглядело, и чтобы главный приз – машина на сторону не ушла: «Ребята, если у вас что-нибудь вдруг проклюнется, имейте меня в виду». Ну а тут – чем не заработок? Между прочим, ведь в обычном, человеческом, облике, мы его так ни разу и не видели. А интересно было бы посмотреть. Я быстро просчитал, какой будет реакция Па на такое моё решение.

«Великолепная сцена. Вот только начало в сиквеле придётся теперь переделать. И… почему один только Ужастик? Почему не пригласить Кошек, к примеру, других ребят? Придут – хорошо, не придут – их дело. Здорово могло бы получиться».

«Да, да, – посмеюсь я над ним, как обычно, – можно ещё и прессу подключить. Уж тогда все придут обязательно».

«А что? Хорошая мысль! – непременно обрадуется Па и, скорее всего, не упустит возможности пошутить: – Но только не Самописца-Колосажателя».

«Нет, – обязательно возражу ему я, – как

раз его-то в первую очередь. В конце концов: нам нужен или не нужен скандал? Сам ведь меня спрашивал, что там написано на ящиках с апельсинами. Заодно пусть со своим первым сурдопереводчиком познакомится».

Господи, неужто за мной останется последнее слово? Не думаю. Я слишком хорошо знал своего Па.

«Согласен. Но тогда и у меня условие: пригласим заодно и нашего редактора, получится хороший анонс к выходу нашей книги. Зачем такую возможность упускать?»

И тогда уж действительно крыть мне будет совершенно нечем.

Валентина тихо тронула меня за плечо, пытаясь вернуть на грешную землю.

– Так мы едем или не едем?

– Конечно, едем, – ответил я. – Кстати,

сможешь угадать, кто будет моим свидетелем на свадьбе?

– Конечно, кто же ещё? Ужастик, естественно, – спокойно ответила она. – Ну а ты, сообразишь или нет?

Я скептически покачал головой:

– Серая Кошка? У тебя ничего не получится.

Валентина скромно потупила взгляд.

– Ничего, я попробую. И почему одна только серая? Можно пригласить сразу обеих.

«Спорим? – услышал я мысленно голос своего Па. – У неё получится, у неё всё получится. Наш человек. Кстати, я тут подумал – если играть в футбол, то нам до команды ещё пять человек не хватает».

«Чем ты думал, па? Ну к чему нам футбол? – так же мысленно ужаснулся в ответ я. – Фанаты, побоища. Ей-богу, ты зашутился, заюморился. Есть ведь и другие виды спорта: биатлон, например, синхронное плавание».

Так или иначе, моё воображение было уже не остановить, я готов был продолжать этот разговор до бесконечности. Что поделаешь, ведь я теперь был не один, со мной была моя муза. А значит, можно было не беспокоиться: вдохновение уже никогда, ни в чём и ни при каких обстоятельствах больше не покинет меня.

СОДЕРЖАНИЕ